有爱的青春陪伴者

欢迎光临,我的星星

虾响响 著

花山文艺出版社
河北·石家庄

图书在版编目（CIP）数据

欢迎光临，我的星星 / 虾响响著. -- 石家庄：花山文艺出版社，2023.3
ISBN 978-7-5511-6478-8

Ⅰ. ①欢… Ⅱ. ①虾… Ⅲ. ①长篇小说－中国－当代 Ⅳ. ①I247.5

中国国家版本馆CIP数据核字(2023)第017531号

| 书　　名：欢迎光临，我的星星
| Huanying Guanglin, Wo De Xingxing
| 著　　者：虾响响
| 特约编辑：蔡杭蓓
| 责任编辑：郝卫国
| 责任校对：齐　欣
| 装帧设计：颜小曼　孙欣瑞
| 封面绘制：池袋西瓜
| 美术编辑：王爱芹
| 出版发行：花山文艺出版社（邮政编码：050061）
| 　　　　　（河北省石家庄市友谊北大街330号）
| 销售热线：0311-88643221
| 传　　真：0311-88643225
| 印　　刷：长沙鸿发印务实业有限公司
| 经　　销：新华书店
| 开　　本：880mm×1230mm　1/32
| 印　　张：9
| 字　　数：168千字
| 版　　次：2023年3月第1版
| 　　　　　2023年3月第1次印刷
| 书　　号：ISBN 978-7-5511-6478-8
| 定　　价：42.80元

（版权所有　翻印必究·印装有误　负责调换）

目 录

楔 子 / 001

第一章 / 003
请问你是彦希——的儿子吗？
她这个黑粉竟然正在体验一个亲妈粉的养崽快乐！

第二章 / 036
问就是彦希谎话精
可彦希是谁，他是随时随地能编出一个言情故事的逻辑鬼才。

第三章 / 071
醉酒见人品
唐久久，你明天醒过来要是不记得这件事情，我会杀了你的。

第四章 / 098
五岁彦希亲妈粉
万一他在节目录制中变成小孩儿，那真的是要翻车了。

第五章 / 126
请问你是什么人间喇叭精？
单身狗不要随随便便提到别人的私生活，我怕你羡慕死。

目 录 MULU

第六章 / 154
人间机智彦小希，逻辑鬼才彦小希
他总是能让别人不知不觉地喜欢上。

第七章 / 181
后来呢？她跟小糖果怎么了呢？
生活中那么多阴错阳差和事与愿违，而人们凭借着骨子里的韧性，会安慰自己一句，好事多磨。

第八章 / 208
我去找我的小时候了
你放心，我是他的黑粉。黑粉你知道吗？就是讨厌彦希的人。

第九章 / 234
谢谢你，小糖果
年幼相识，今岁相逢，祝你们的爱情甜如蜜糖。

番 外 / 269
因为，我爱你
爱情对于他来说，是诚惶诚恐，是珍之重之。

/楔子/

沅城。

晚上八点。

沅江洲畔是这座城市今天最热闹的地方。

在警察们的维持下,乌泱泱的人们有序地聚集在这里,翘首欣赏头顶上这片被烟火炸得绚烂多彩的天空。随着一声巨响,一个闪光点从江面上的小岛呼啸而出冲上夜幕,随后在浓墨般的无边夜空中四散开来,碎成星屑。

而人群中的阵阵欢呼被淹没在这场火树银花之下。他们的视线被这场盛大美景吸引,并没有察觉到有一个来自银河之外的绿色光点正划过他们头顶,坠落在这座城市的边缘,最后掉进河边的浅滩里,在波光粼粼中湮灭掉那点微亮。

第二天一早,阳光正好,河堤上人来人往。

一个十六七岁的女孩儿提着鞋子,光脚踩在河滩上。水冰冰凉,刚好没过脚背。

"嘶——"

她倒吸口凉气，踉跄着后退一步，露出刚刚戳痛脚底的东西——一颗绿色小石头，半藏半露在细软的沙子里。

或许是没见过这个颜色的天然石头，女孩儿想了想还是弯腰拾起。绿石头很特别，外表圆润，触感很好，在阳光的照射下，让人有种它似乎在发光的错觉。

"哇呜，好看哎！这么漂亮的绿色小石头，我家彦希哥哥必须拥有！"她自言自语，下定决心要把这么好看的东西送给同样好看的"爱豆"。

/第一章/
请问你是彦希——的儿子吗?
她这个黑粉竟然正在体验一个亲妈粉的养崽快乐!

"飞机已经到了,彦希哥哥怎么还没出来?"

"啊啊啊,我第一次参加'希望'姐姐们的接机活动,好激动!马上要见到哥哥真人了!"

沅城国际机场大厅内,叽叽喳喳充斥着各种各样欣喜的声音。路过的旅客们都不自觉地向她们投去目光。

一两百号人,大多是年轻女孩子,她们是彦希的粉丝,粉丝名叫作"希望"。此时,希望姐姐们正满心期待地辨别着机场2号出口里出来的每一个人。

她们中有人抱着礼物盒子,有人拿着应援手幅,还有人举着彦希新剧刚刚发出来的定妆海报,无视过路行人拿出来拍摄的手机以及周围机场保安们的虎视眈眈。

　　终于，视线里出现了这样一个人。他全身黑色，戴着口罩，本来就让人看不清脸了，还故意压低帽檐，拉着行李箱走在其他乘客的身后，就差没立个"你们都别看见我"的牌子。

　　然而，娱乐圈有句话叫作"红气养人"，先不说他身上怎么也藏不住的那种星光，旁边穿着花哨的齐钰俨然就是一盏明灯，早就已经暴露了他们的位置。

　　瞬间，机场里人声鼎沸，刺破耳膜的尖叫声此起彼伏。人群开始向前拥挤，刹那间便围住了两人。粉丝们举着手机，胡乱地朝着彦希的方向拍，嘴里叫嚷着"哥哥看我这边"。

　　场面逐渐混乱。

　　组织接机活动的后援会成员们见状赶紧维持秩序，自发地手拉着手，在彦希跟齐钰两侧围着一道人墙，阻隔蜂拥而上的人群。

　　"你断后，我先走。"

　　免得粉丝在这里逗留太久影响别人。

　　彦希跟齐钰交代完，就躲着从人群里伸出来的手，冷漠地朝机场外大步流星地走去。

齐钰叹气，回回都是这种接机场面，但依旧改不了他家这位大爷不喜欢带保镖的习惯。还好后援会的希望姐姐们都是见过大场面的人，一下子就稳住了场面。

他落后彦希几步，切换出"团结有爱"的笑容，接过粉丝们递过来的礼物放在推着的行李车上，并提高声音："感谢大家来接机，但是请不要拥挤，保证自己的安全，同时也请不要打扰机场的正常秩序。我们的希望姐姐是最棒的！还有，下次不要送礼物啦，贵重礼物我们彦希不收的啊！"

听到齐钰做作的语气词，他口中的"我们彦希"都替他觉得不要脸，于是加快脚步想离他越远越好。

谁都不能阻止彦希风驰电掣的脚步，连差点摔到他身前的女生也不能。

彦希担心会发生踩踏事件，赶紧快步上前，长臂一捞，动作很帅地提了她一把，帮她稳住了身形没有摔下去，然后根本不在意被扶的人有没有道谢，他脚步不停，在粉丝的簇拥下，走出了机场大厅。

眼见着等彦希的豪华小轿车就停在机场外，两名来接他的工作人员也已经站在车门旁等他上车，粉丝们陆陆续续停下脚步，准备目送他离开，谁都没想到这时候会有意外发生。

从斜前方的角落里突然蹿出来一个体形略胖的女孩儿，张开双手就往彦希这边冲，看样子是要去拥抱，但因为身高差，一头撞在了彦希的胸口。她头上写着"希"字的应援牌刮在彦希下巴上，彦希下意识地伸手推开了女孩儿，并且退后几步。女孩儿一个倒地，坐在地上呆愣地看着离她几步之远的偶像。

工作人员立刻上前，一个护在彦希身边，另一个准备去扶起女孩儿。

可是下一秒，女孩儿突然哇哇大哭起来："彦希打我了！彦希打粉丝了！"

站在彦希身后的希望姐姐们："……"

下午一点半左右。

"彦希黑脸耍大牌，机场暴力推搡粉丝！"

这则明显带着点情绪导向的新闻空降到微博热搜榜上，犹如惊起千层浪的巨石。

彦希可是这两年全民关注的"顶级流量"之一。

九年前，他才十八岁，就凭借荧幕首秀《而你不知道》一炮走红，风头盛了大半年，把其他同期小生压得死死的。可不知道因为什么原因，某天他突然在微博上手撕粉丝，警告她们离自己远点儿。起先粉丝们还坚信这是被盗号了，在那条微博下面留言"盗号狗不得好死"。但没多久，年少轻狂刚得无比嚣张的彦希发了一段视频，证明那确实是他本人所发。

粉丝们集体噤声。彦希的粉丝后援会微博当场宣布脱粉转黑，此后，网络上关于他品德不端的料儿层出不穷，路人好感败了一地，被公司雪藏，很快他就变成了"查无此人"。直到三年前国内出了一部现象级的古装剧，观众们开始截屏讨论里面三秒钟惊鸿一瞥的帅气小太监，大家这才发现彦希早已跟老东家结束合约，在影视城里跑了一年多的龙套。

以前的风波已经过去，演技越来越好的彦希重新进入了大家的视线。

前年年底，彦希在一部网剧里面演男二，因为演技在线再加上角色让人太过心疼，播出期间话题度在社交网络中居高不下，圈了一波又一波事业粉，这才又跻身"流量"之列。

这种煽动性的新闻标题吸引了很多吃瓜路人，他们纷纷点进热搜内容，想看看彦希这个新晋"顶流"到底做出什么天怒人怨的事情。

页面显示的第一条，是一个有几百万关注的营销号发的微博，微博内容也在带节奏：

粉丝机场接机，彦希全程黑脸，甚至还用力把人推倒在地。心疼彦希家的希望姐姐们，这样子的顶流你们还喜欢得起来吗？

除了正文之外，下面还附带了一个记录上午机场事件的视频。视频的拍摄角度刁钻，能清楚地看到彦希伸出手，女孩儿重重地摔倒在地的画面。

不多时，这条微博的转发已经过十万，留言数六万多。

宋不怕：有什么好惊讶的，你们忘记彦洗洗成功洗白前的黑料了吗？

Tinuny：这是什么个情况？不过我之前似乎听过他对粉丝不好的传闻。

爱吃瓜：哇！坐等彦希家粉丝脱粉回踩！

玲玲响叮当：想屁吃！我才不脱粉！睁大眼睛看清楚，视频里站在彦希身后的才是希望姐姐们，这个假粉是突然冒出强行拥抱我"爱豆"，最后还恶意摔倒碰瓷彦希打她。营销号眼瞎还带节奏，真是司马昭之心。

玲玲响叮当：回复宋不怕：彦希当初被全网黑的前因后果你们清楚吗？听点风就是雨，鸡毛都没有就给人下判决书，牛啊你。

玲玲响叮当：回复Tinuny：我还听说你脑子不好，偏听偏信，请问是真的吗？

沅城理工大学。

偌大一个阶梯教室里，纪玲玲自动屏蔽掉讲台上老教授的知识输出，坐在班级靠后的位置，带着把屏幕戳碎的愤怒，反驳营销号下面一条又一条的抹黑评论。

她在微博怼完人，气呼呼地擦掉被网友气哭的眼泪，又切换到希望后援会沅城分会管理群的页面。

玲玲响叮当：我这个脾气暴躁的人干不了控评的活儿，说句话都觉得是在引战。希望反黑组以我为鉴，在控评的时候言辞温和、语气坚定、有理有据地解释清楚。辛苦奋斗在控评第一线的反黑组了。我爱你么么哒！

玲玲响叮当：另外，去接机的姐妹儿们难道就没一个人拍到当时到底发生了什么吗?

　　玲玲响叮当:虽然大家都说清楚了当时的来龙去脉,但是没有清晰的视频佐证,那些跟风黑我们家哥哥的人是不会相信的。

　　玲玲响叮当:啊,心好累。

群人数虽然不是很多,但消息刷得飞快,纪玲玲在看到没人在"接机饭拍"中拍到事情真相的时候,丧气地趴在了课桌上。

　　她们家哥哥好惨,从事业巅峰期跌落,吃了那么多苦,现在才有起色就被人这么泼脏水,要是大好前途就因为这次碰瓷断送了……纪玲玲想到就心酸。

　　正当纪玲玲眼眶湿润,想替"本命爱豆"哭一场时,手机振动了一下,屏幕显示是微博的特别关注。

　　纪玲玲迄今为止,只设置了两个特别关注,一个是"本命爱豆"彦希的微博,另一个则是彦希黑料博主。

　　该黑料博主的微博名叫"喂你吃颗糖",即将拥有破百万的关注。说来很神奇,她的微博简介说是彦希黑粉,发的视频也都是彦希黑历史,但每次发布的微博反而帮彦希圈了粉。因此希望姐姐们都把该博主当成自己人,并关注了她。

　　所以,不管是其中哪个,都能让纪玲玲垂死病中惊坐起,立刻斗志昂扬地继续刷微博。

　　喂你吃颗糖：今天彦希还是那么厉害呢！居然可以隔空推人呢！（听说每句话最后加个"呢"字语气词，能气死人呢！你猜我今天想要气死谁呢？）

　　正文下面也跟着一个视频。

　　这条微博嘲讽意味十足，但让纪玲玲瞬间捕捉到关键字，眼睛一亮！

　　隔空推人？是不是就说其实彦希没有推到人？

　　想到这里，她立刻点开视频。

　　该视频的拍摄人大概是站在彦希身后靠右的位置，虽然画面角度不是最优秀的，但已经足够明了。更何况视频在每一个节点都做了停顿，并配上字幕解释。

　　第一段，胖胖的女孩儿张开双臂从角落里冲出来，彦希仍旧低头走路。

　　字幕：请问nili（你们）彦希哥哥为什么不干脆用脸基尼？旁

边还配了脸基尼买家秀照片。

第二段,彦希抬头,有被惊吓到,双手挡在胸前做出了防御姿势,女孩儿的额头磕到彦希的下巴。

这里停住的画面中,女孩儿已经有因为惯性而往后仰的趋势了。

字幕:我已经截图啦,以后彦希系列表情包里面又多了一张可以流传的图。表情包的配文我都想好啦,叫"吓得我抱紧了我的小拳拳"。

第三段,彦希反应过来,伸手想推开眼前的女孩儿,结果还没有碰到人,那女孩儿已经往后仰去摔倒在地。画面刚好停在彦希的手与女孩儿的肩膀相差几厘米的地方。

字幕:你彦希不愧是你彦希,现在都能隔空打人了。

视频的最后画风秒变,一下子"鬼畜"起来。博主来回剪辑了女孩子咣当倒地的瞬间,顺便那句"彦希打我!彦希打粉丝了!"的哭诉也配着音乐节奏反复播放。

希望姐姐们已经是提前过年的气氛,立刻带话题转发这条微博,势必要把原先的热搜给压下去。发完之后,她们马不停蹄地去举报了营销号们的不实消息,然后才又回到这条微博底下评论:

"不要嘴硬呢!博主你就是希望姐姐呢!"

"如果博主真的是黑粉,那我这个希望姐姐算什么?对不起,我忘记加'呢'了呢!"

"博主你从了希望姐姐,就承认自己是彦希真爱粉好了呢!"

"前面说话阴阳怪气的,看得我想一棒子打死你们呢。哈哈哈哈哈哈!"

青山湖是沅城的一个老小区。

唐久久刚去单元楼门外签收了一个文件袋,又穿过房间里的重重阻碍,坐回到电脑桌前。电脑屏幕右上角显示的转发数已经破千。

她低头专心地拆着快递,从里面抽出一张请柬,是明天彦希新剧发布会的邀请函。

唐久久微博里关于彦希的消息经常出圈,无形中帮他吸纳了很多路人好感,所以连彦希工作室都开始关注"喂你吃颗糖"这个账号了,经常会透露彦希的行程给她,有时候会问她需不需要门票、邀请函之类的。

唐久久当然是来者不拒。她跟彦希是有私人恩怨的,不会放过任何一次可能挖掘到他黑料的机会。

喂你吃颗糖:别怀疑!别挑衅!我就是彦希头号黑粉!

蝴蝶姐姐：知道了知道了，你是黑粉，但全世界只有你可以黑彦希。

唐久久无语凝噎，事情真不是你们想的这样！虽然这次因为别人黑彦希让她有点不爽。

唐久久自我分析，这点不爽是因为觉得她的黑粉地位被挑衅了。而且她的黑从来都是讲证据可以考究的。

纪玲玲看到"喂你吃颗糖"的微博又更新了，显然博主现在是在线的状态。

她急急忙忙发了私信赞美博主。

玲玲响叮当：啊啊啊啊啊啊啊！糖，你真是我们的希望之光！

这位朋友可真是个"彩虹屁"少女啊。以往她一有视频出来，都会收到希望姐姐们前赴后继的赞美私信，但这位玲玲响叮当每次都能脱颖而出。

唐久久对"希望"这两字非常敏感，手快地撇清关系。

喂你吃颗糖：不，我只是不希望有人拉低我们黑粉的业务水准。

纪玲玲根本听不进去唐久久的解释，继续发来一条私信。

玲玲响叮当：姐妹儿你太能"打"了。我们那么多希望姐姐在场都没拍到澄清视频，你居然拍到了！

唐久久得意地想，她背着死沉死沉的专业设备跑去机场，要是还拍不到，那也太对不起她付出的力气了吧。
只是……
彦希依旧是那个只留下背影的人。

当晚，唐久久梦到了白天时候的场景。
梦里是人声嘈杂的机场，她背着摄影包，提着三脚架，着急忙慌地往机场里冲。迎面过来一群人，但她来不及收住脚步。在她反应过来的时候，她也只是依靠本能，闭起眼睛准备迎来接触地面的那一刻剧痛。

虽然说梦里是没有知觉的，但唐久久还是坚信自己又闻到了跟白天一样的那股香味。

紧接着，天地回旋，她能感觉到后衣领一紧，瞬间又重新感受到站在地面的那种踏实。

她恍惚地回头，那个颀长的身影，已经在一群人的簇拥下离开。

"彦希……"梦里，唐久久呢喃一声。

齐钰是个热爱工作的优秀助理，甚至在一个人领三人份薪水的前提下，他还可以兼任司机、保镖、宣传、公关、化妆师、造型师。

齐钰对他的工作很满意，除了偶尔会有些不开心。

比如他拥有一间两百多平方米的复式豪华公寓的密码，但按这串密码开门走进去的却不是他的家。

御龙郡。

尽管现在已经是上午九点半，但齐钰打开门，还是不意外地看到房子里是伸手不见五指的黑。

齐钰心疼地望着窗户的方向，坐北朝南，打开窗就能迎接初升的旭日，往远看就是沅江洲畔5A水准的风景，迎着风还能闻到小区高价移栽而来的树木清香……

可惜了，彦希这个常年拉窗帘专业户不值得。

他摇头叹息，关上门，玄关处自动亮起一盏小灯。

换完鞋，正准备去摁开关，一楼所有的灯便猝不及防地亮了起来。齐钰吓了一跳，放眼望去，不值得的彦希已经穿上前两天品牌方刚寄到的西装礼服，笔挺地坐在沙发上，面无表情地看着他，让他把差点爆发的惊呼给吞了回去。

"请问您这是……又怎么了？"齐钰定定神，拎着东西走向他。

"心态崩了。"彦希的声音没有起伏，但就是能让人听出"我不开心"的意思。

"嗯？"

彦希按亮手机屏幕："我的蛇在快通关的时候，碰壁了。"

齐钰竟一时不知道是该吐槽他玩这么老套的游戏，还是他这一副生无可恋的样子。

还好，彦希并没有继续这个话题。

他遥控着打开窗帘，关掉室内的灯光，转了一个方向，让脸对上室外打进来的自然光，对齐钰说："你还愣着干吗？帅到你了吗？"

齐钰：希望姐姐们有所不知，她们家偶像喜欢面瘫着说笑话。

可齐钰没工夫跟他亲如兄弟的老板斗嘴，因为他注意到彦希下巴上的一处青黑。

"Oh My God！"他捧着彦希珍贵的脸，痛心疾首，"你下巴这里是被昨天那女孩儿给撞的吗？你怎么不早点告诉我？她还有脸倒打一耙？我除了告她诽谤之外，还要告她蓄意伤害！我的天哪，小葵姐知道了会杀了我。"

彦希拉开点距离，掏掏耳朵，以此来示意齐钰的声音过于激昂。

他淡然地抬起眼皮："你最近是沉迷相声艺术还是淘宝直播？"随即嫌弃地摆摆手，"别大惊小怪了，你拿东西给我遮一遮就行了。"

"我这是内疚跟自责。"

齐钰还想说些什么，但是被彦希用眼神压制了。

齐钰只能手脚麻利地从化妆箱里拿出瓶瓶罐罐，边在彦希脸上涂抹边聊天："小葵姐前几天还让我看牢你，别闹出么蛾子。希望姐姐们看到你这么火了却连像样的团队都没有，以为公司剥削你，日常辱骂小葵姐跟经纪公司。昨天看你这么轻易被碰瓷，都快把公司骂上热搜了。"他意识到自己说太多，总结性地一问，"说这么多，请问你有半点良心不安吗，朋友？"

彦希半睁开眼，诚实地说："没有。"他补充，"你想想一个热搜位多少钱，你再想想我给公司赚了多少钱。挨点骂又不是挨点打，还能有热度，指不定公司有多开心呢。"

Fine,他是一哥,他说得非常对。

齐钰老实闭嘴,麻溜儿地打理完毕,结束前还不忘吹"彩虹屁":"那句话说得没错,时尚完成度就是靠脸,连带着我 6 分的技术都能被带飞。"

这种吹捧是常规操作,彦希并没有理会。他站起来就准备出门,却被齐钰叫住。

"什么?"彦希歪头看向齐钰从口袋里拿出来递给他的小盒子。

"胸针。"

盒子被打开,露出一枚星星造型的漂亮胸针。东西设计得别致精美,值得一提的是,胸针中间镶嵌着一颗圆滑温润的绿色宝石。

彦希疑惑地把它从盒子里拿出来:"品牌方的东西?"

他平时不太在意这些,只要给就戴着。

"不是。我拿去定制的,看着衬你今天的造型就拿出来了。"齐钰说得含含糊糊,把最关键的一点给落下。

其实,这颗石头是他在整理粉丝送彦希礼物的时候看到的,只是这个不能跟彦希说,要不然彦希肯定不会戴。要他说,他家老板对粉丝过于疏远,都到了有些敬而远之的地步。

彦希全然不知自己正被人腹诽,他把胸针拿在手里来回把玩,突然，感觉到手指尖针扎一般刺痛。

一看，是胸针后面的别针弹出来了，刺到了他。

他不在意地搓了搓被伤到的手指，默默地把胸针别在了衣领处。

黑色西装上点缀着一枚墨绿幽深的星星胸针，搭配他今天的整体造型，整个人充斥着一种禁欲的神秘感。

"五星级酒店连电梯间都充满了金钱的味道。"

唐久久站在装修得富丽堂皇的电梯里，对着门上倒映出来的人影，整理凌乱的发丝。

昨晚做的梦像是连续剧，断断续续地出现了好多以往的场景，让她整个人身心俱疲，结果今天一醒来就到了中午十一点半。想到彦希新剧发布会的时间，她匆匆洗漱完就背着东西跑出来了。

匀了口气，没化妆的她提了提脸上戴着的口罩，抬头盯着电梯里显示的楼层数。

想东想西的工夫，电梯到了。

唐久久争分夺秒地冲出电梯，却跟另一拨来势汹汹往电梯里赶的人撞了个满怀。

自己最近难道是碰碰车附体吗？扶墙站稳的唐久久发出疑问。

没来得及看清对方是谁，唐久久就开始道歉："对不起，对不起。"

"不好意思，我刚才没看路。"

两道声音一起响起，另一句话显然是被撞到的人说的。

声音有点熟悉，又有些陌生，唐久久总觉得自己在哪里听过。

她抬头一看，嗯，是那个跟着彦希很多年都不离不弃的，全能到哪里需要往哪里搬，所以被希望姐姐们亲切地叫作"齐砖砖"的彦希的助理，齐钰。

当然，前面那一串的修饰词，都抵不过最后的五个字"彦希的助理"，让他的知名度甚至超过那些七八线小明星。

在两人互相谅解都表示是自己的错之后，他们友好地各自离开。

唐久久转身后，还听到了走进电梯里的齐钰似乎在打电话。

"小葵姐，还是没找到。"

她疑惑地转身。

这是没找到什么，能让齐钰这么着急到失态？

而齐钰怎么也想不到，在十楼的安全逃生通道里，彦希，不对，是已经缩水成一个五岁小朋友的彦希，正坐在台阶上，双手捂着脸，低垂着头，怎么也想不通这一切到底是怎么回事。

中午在看台本时，他就觉得心脏有点不舒服，还以为是熬夜玩游戏的原因，所以并未在意。

等到发布会中场休息结束，准备重新上台前，他觉得胸口闷，心脏跳动剧烈，脸上血色全失，额头渗出冷汗。剧组其他人只能先去走完流程，而齐钰他们去找医生。

只是等他们把医生叫来，彦希已经不在休息室里了。

唐久久没工夫多想什么，她走到宴会厅门口，将邀请函递给工作人员查看，才被允许进去。

推开门，她看到前排的一名娱乐记者高举手臂，在主持人的示意后，他站起来大声提问："导演，中场休息后，剧组其他演员都重新回到场上接受大家的提问，只有男主角彦希不见人影。请问他是如网上传闻那样爱耍大牌经常早退，还是在后台发生了什么事情让他不愿意出来跟大家见面？"

这个问题像是导火索，点燃了宴会厅内的气氛。

台下的其他记者与粉丝们都交头接耳，小声议论起来。提问的记者得意地环顾四周，像是特别满意自己这个问题造成的轰动。

在台上的导演脸色变得非常难看，他板着一张脸，看向还站着的记者:"彦希是一个敬业的好演员,我很欣赏他的品性与能力,之所以没返场是因为身体不适在让医务人员查看。"

底下的希望姐姐们开始担心,甚至有人不顾现场纪律,大声提问彦希现在怎么样了。

记者却追问:"那为什么不跟大家事先说明一下?"

"因为我们要确保发布会流程正常进行,而现在还不到彦希的环节。"导演后半句缓和了一下语气中的强硬,并对粉丝们说,"彦希身边有医务人员在,请大家放心。"

但是,没见到彦希本人,希望姐姐们怎么能放心!

唐久久寻找座位坐下,就听见身后的彦希粉丝们还在担忧。

"急死个人!不知道我家希宝现在怎么样了。工作室连个消息都没有,LMX娱乐死了。"

"那记者是我们家黑子吗?一个提问给哥哥挖了多少个坑!"

"现在没时间收拾他,我还在担心哥哥到底怎么了。"

"齐砖砖呢?平时他的微博跟个话痨一样,霸屏我的首页。关键时候一点用都没有。"

眼见着讨论的声音越来越大,唐久久后面一排的女生开口镇压了大家的声音。

"希望姐姐们都给我安静下来。"她清亮的声音不高不低，没有吵到台上正在走流程的其他演员，"现在你们在这里说再多也没什么用，反而会给发布会造成不好的影响。这部电视剧哥哥是绝对主角，就算今天哥哥不在场，我们作为他的粉丝，也要撑起他的排面来，别让其他家看我们的笑话。"

这话说得让在场的希望姐姐们瞬间多了一种担当跟责任，当下乖巧地噤了声。

唐久久叹为观止，这个女生是真的酷毙了。

许是唐久久的目光太强烈，女生坐下之后立刻看向她。

像是发现了什么八百年未见的亲人似的，女生俨然是另一副熟稔的活泼少女的样子："你好啊小姐姐。我以前追哥哥活动的时候好像也见过你。请问你是我们彦希的站姐吗？"

这个问题刁钻得唐久久一时之间不知道是点头还是不点头。黑粉站姐也是站姐的一种对不对？

但对方显然不在乎唐久久的回答，她立刻又问："你拍的照片会放微博上吗？你微博ID是什么啊？下次你发了之后可以@我啊。要是好看的话，我能帮你转发出去。"

唐久久承受不了这样的热情，她紧抿双唇，生怕不由自主地招供出自己的微博 ID。

少女，请保持你刚才的酷 girl 模样！

对上对方热情的眼神，唐久久突然灵光一动："你不是让我 @ 你吗？还没说你微博名叫什么。我回去发完照片就 @。"

"哦，对哦。我忘了说。"少女摸摸头，"我微博名叫'玲玲响叮当'。王字旁的玲。你微博名叫什么？"她有些不好意思，"我微博粉丝还蛮多的，平时 @ 我的人也不少。"

所以，让唐久久印象深刻的"彩虹屁"少女就是眼前的女生，对方还叫她"希望之光"。

唐久久巡视了一圈今天彦希粉丝的到场人数，想象自己的黑粉身份被戳破后的下场。

她蓦地捂住肚子，表情做痛苦状："嘶……不好意思啊，我有些肚子疼，先去厕所一趟，等回来再聊。"说着赶紧起身，走出宴会厅。

唐久久准备撤退回家了。

因为不确定彦希等一下还能不能返场，也因为她想捂紧"马甲"。

不过在那之前，她真的需要去一趟洗手间。

从洗手间出来，她哼着歌，步伐轻快地走到外面的洗手台洗手。

感觉得到衣服后面的下摆被拉扯，唐久久一激灵，眼皮微抬，瞥到镜子倒映着的身后是空荡荡的，她背后顿时一阵发凉。

"姐姐。"

软糯糯的小奶音适时地响起，解除了唐久久心里的恐慌。

她猛地转身，低头对上一个五岁左右的小萝卜头的清澈的眼睛。

小男孩长得很可爱，肉嘟嘟的脸，五官却出奇地俊秀，一双黑葡萄似的大眼睛此时懵懂又好奇地注视着她。不过奇怪的是，他身上穿着的是一件成年人的白衬衣，宽松肥大，虽然袖子已经松垮垮地卷起来，但下摆仍然长得像条裙子。

唐久久没有在意这些细节，她脑子里的一个画面慢慢清晰，眼前这位粉嫩嫩的可爱小男孩的脸正在与她记忆里的某个身影重叠。

她慢慢地瞪大双眼，盯着小男孩："你你你……你是彦希……"

小男孩模样的彦希脸色瞬间一变，他唇线紧抿，瞟向洗手台外面的走廊，开始策划逃跑路线。

"彦希——的儿子吗？"

吓死个人！

他全身警报解除，无语地看向面前的女生——从没见过有人说话能大喘气成这样的。

他装出一副无辜的样子："姐姐你在说什么？我爸爸的名字才不是这个。"

"爸爸"这两个字似乎打开了他的泪腺,他嘴一瘪,哇地哭出来:"我要爸爸!"

"哎哎哎,你别哭啊。"唐久久蹲下身,擦掉小男孩的眼泪,又从兜里拿出一颗牛奶糖,"姐姐请你吃奶糖。你跟姐姐说,你爸爸在哪里,姐姐带你找爸爸去。"

可是小男孩无动于衷,什么都不回答,就是闭着眼睛哭号着要爸爸,声嘶力竭,让人担心他下一秒能哭晕过去。

唐久久急得手足无措,她不知道小男孩为什么会穿着这样一身衣服,也不知道他是不是住在这家酒店,更不知道该怎么找到他的爸爸。

她安抚了小朋友几句,却一点效果都没有,最后只能抱起小朋友,寄希望于一楼的前台。

可是,酒店前台也没办法,他们对这个小男孩没有任何印象。

唐久久叹了一口气,对抽泣的小男孩说:"那姐姐带你去找警察叔叔怎么样,警察叔叔会找到你爸爸的。"

到底是我们国家普法教育的胜利,人民群众,别管他岁数多小,对警察的信任根深蒂固。

小家伙终于控制住了情绪,小奶音可怜兮兮地说:"嗯,找警察叔叔。"

直到恍恍惚惚过了三个半小时，唐久久坐在沙发上，失神地看着背着双手老神在在，现在正闲庭信步打量她房子里里外外每个角落的，影帝级别小鬼头。

对不起，但只有这种长得喘不过气的句子，才能稍微发泄一下她心里积压的火气。

要不是真实发生，唐久久怎么也想不到五岁小孩子是怎么诱骗、威胁、心理暗示她一定要带他回家的。

"对不起姐姐，我不是找不到爸爸，我其实是离家出走了。

"姐姐，你要是送我去派出所，我就说你不想照顾我，要去跟男朋友约会，才假装不认识我，把我放在派出所。

"你要是不收留我，我自己在外面流浪，没饭吃都是好的。万一被人贩子拐走卖掉，说不定卖去黑窑厂，或是打断我的四肢，让我去乞讨……姐姐，你想想，你仔细想想。"

…………

虽然总觉得哪里不对劲，但是稀里糊涂成功被洗脑的唐久久，还是善良地带他回家了。

进入房间的彦希并没有感觉到不自在，他仔细地观察这个三室一厅的小房子。

不管是房子格局还是装修,都带着上了年纪的时代感,所以这里的主人干脆把整个房子的风格往复古田园风上靠。沙发上、茶几上、餐桌上还有储物柜上都垫着素净的格子花纹软布,让房间整体沉静柔和下来,但随处可见的玩偶又让它多了一些俏皮。

彦希转了一大圈,最后目光在客厅的一面墙壁上停下来,他仰头盯着墙上贴着的自己的海报,神情莫辨。

他问还在走神的唐久久:"那是谁?你偶像吗?"

今天那酒店的十楼被他们剧组包下了,在那里出现的唐久久大概率就是他的粉丝,更何况当时唐久久脱口而出的那句"你是彦希的儿子吗"。

可就算猜到她可能是粉丝也没办法,那种情况下他只能先离开酒店。

唐久久回过神,逃避这个问题:"小孩子别问那么多。"

虽然她是彦希的黑粉,但有一说一,彦希的颜值是没得黑的。所以她这个拥有正常审美的人在收到这张海报后,才会鬼使神差般将它贴起来。

但这种折损一名黑粉的专业素养的举动,即便在一个小孩子面前,她也不能承认。

她转移话题:"你怎么穿了这么一件破破烂烂一点都不可爱的衬衫呢!你等着,我去给你拿衣服。"

今天从一个一米八七的成年男人缩水成五岁小朋友的他都没说什么,这件衣服又算得了什么。更何况这件高定衬衣哪里不可爱?起码价格就很可爱啊,说出来吓死你。

彦希望着唐久久仓皇离去的背影若有所思。

承认是他的粉丝这么困难?

按照粉丝随时随地卖"安利"的本能,难道不趁此机会向他介绍她偶像,帮助她偶像成功打入儿童市场?

很快,彦希今天"hard模式"又多了一样。

他瞪着眼前这件绿了吧唧、衣服后面还有一条尾巴的恐龙连体衣,快把眉头拧出一座喜马拉雅山了。他语气郑重地拒绝:"不要,这件衣服不符合我的审美。"

"小孩子哪有什么审美!我这个销量保障的童装设计师,拿自己的业界地位跟你保证,这是今年的×宝爆款。"

"那更不行,我不跟人撞衫!"

"嘿,你这小屁孩词儿还一套一套的。撞衫不可怕谁丑谁尴尬你不知道吗!你的颜值加我的设计,绝对好看!"

"反正我不穿。"彦希双手环胸,继续拒绝。

唐久久身为这房子的主人,忽然想找回被一个五岁小豆丁欺骗得团团转的、身为一个二十四岁成年事业女性的骄傲。

她慢悠悠地提醒:"都说孩子不听话,多半是欠顿打。"

彦希仰着脑袋很豁得出:"老小区是不是隔音不太好?是不是上下左右邻居们都是爷爷奶奶?是不是当夜深人静时有小孩子哭闹能吵得整栋房子的人来敲你家门说你扰民?"

唐久久辩无可辩。

沉默半晌,她问:"你是不是其实不是五岁小朋友?"

她的这个突然发问让彦希又僵硬在原地——这女孩儿到底是什么品种的"铁口神断"?为什么每次都能猜对?

唐久久没察觉到对面这个小屁孩的不对劲,继续发问:"或者你是重生的?要么你其实是成年人了,但……"她惊愕地瞪大眼睛,不可置信地问出来,"你得了侏儒症?"

这一刻,彦希觉得自己有被羞辱到。

彦希索性使用一个五岁小孩儿的特权——紧闭双眼,作势就要大哭。

这个场面熟悉得仿佛在酒店十楼洗手间的洗手台前见到过!唐

久久立刻投降:"我错了,我错了,我这就给你换一件!但我最近设计的都是动物系列,家里真的没别的衣服了,我尽量给你找一件颜色低调、尾巴不长的衣服好吗?"

才怪!

房间里很多正常衣服,可她就是杠上了。

彦希观察她脸上诚挚的表情,判断她并没有说谎,这才大发慈悲地点头。

没一会儿,依旧真挚的唐久久从工作间里拿出了一套黑色运动套装。

衣服看上去是正常的,只是帽子是小熊样式,衣服背后还有一个熊尾巴。

对比之前那件,彦希狐疑地又观察唐久久,尽量装出很无害的表情,勉强接受了它。

窗外天色已暗,月朗星稀。

唐久久在等彦希洗完澡出来后,才带着换洗衣服进了浴室。

而把自己洗得香喷喷软乎乎的彦希穿着小熊套装,来到唐久久的工作间,关上门也同样关掉了从浴室那边传来的稀里哗啦的水声。

他需要一个地方，一段没人打扰的沉默时间，去整理今天发生的事情。

他把今天的每一个画面都在脑海里细细地过了一遍，但还是毫无头绪。

也不知道发现他不见了的齐钰会大惊小怪到什么地步。

唐久久洗完澡出来没看到小朋友，心"咯噔"了一下，直到她打开工作间的门，看到沙发床上的那堆玩偶里，多了一只可爱的小熊，她才放下那颗剧烈跳动的心。

尽管这个小屁孩说话噎人还欠打，但想到他可能不告而别，被人贩子拐走打断四肢被迫乞讨……思绪被带偏还没回到正轨的唐久久越想越害怕。

她赶紧回过神，盘腿坐在沙发床前的地板上，认真地打量这张跟幼年彦希过分相似的脸。

曾经，网络上有条据说是一个"爱豆"的亲妈粉画的长漫画，被全网转发。

大概内容是，有一天你的偶像变成了小孩子，你捡到了他，带他去吃儿童套餐，陪着他去游乐园玩碰碰车，给他一个小书包送他去幼儿园，在门口把他交给幼儿园老师，叮嘱他不要跟小朋友打架，目送他跟老师一起进去，走着走着还会回头跟你挥挥小手说再见。晚上入睡前，给他盖好温暖的小被子，一边轻轻拍着被面，一边给他讲睡前故事，然后等他迷迷糊糊闭上眼睛，再悄悄地亲亲他的额头，在他耳边说晚安。

唐久久忽然意识到，她这个黑粉竟然正在体验一个亲妈粉的养崽快乐！

想到这里，唐久久狗胆包天地伸手戳了戳这个小朋友嫩鼓鼓的脸蛋，皮肤软滑细腻，还QQ弹弹的。她克制自己还想继续触摸的手，靠在一边安静地看着他。

"白天的时候表情拽拽的，睡觉安静后又是一个天使了。你跟彦希小时候可真像啊，"唐久久喃喃道。

像得让人仿佛一错神，就能回到很多年前的那个沉闷的夏天。

那时候，刚上小学一年级的彦希，中午放学回来后躺在沙发上睡觉。比他小三岁的唐久久则不顾奶奶说的"彦希哥哥在睡觉，不要去打扰他"，慢悠悠地推开门，一步一步悄悄地靠近。

她手里握着一支笔，想给彦希哥哥画幼儿园老师今天新教的大红花。

那天,兴高采烈的小胖墩唐久久站在沙发前,看了周围一圈,没发现有能画画的纸。她当即趴在沙发上,凑近看向彦希白里透红的脸。

圆鼓鼓的,地方还挺大,足够让她拿来画小红花了。

正当她举起从奶奶书桌上拿来的钢笔,准备在那张小脸上创作的时候,彦希醒了。他看见与自己的脸近在咫尺的笔尖,反射性地大叫,身体一翻,立刻滚下沙发,带倒了趴在他身上的唐久久。

"嘭"的一声,唐久久被彦希压着摔倒了,后脑勺着地重重磕了一下,她疼得哇哇大哭,气得挥动拳头砸彦希的肩。只是她忘记自己手上正拿着钢笔。

于是乎,笔尖扎进彦希的肩膀。

当即,哭喊的声音变成了二重奏。

这件意外事故以唐久久被妈妈揍了一顿而告终,彦希的肩膀上却留下一颗因颜色残留而形成的青痣。

然而,这颗形成原理跟文身差不多的青痣并没有成功地让彦希记住唐久久,无论她后来执拗地出现在他面前多少次,追过他多少次现场,让他签过多少次"to 唐久久"。

/ 第二章 /
问就是彦希谎话精
可彦希是谁,他是随时随地能编出一个言情故事的逻辑鬼才。

即便唐久久睡前满脑子都是彦希彦希彦希,她也从来不敢奢想,在某一天醒来,第一眼看到的会是彦希。

而且说句不怕被和谐的话,是全裸的彦希。

迷迷瞪瞪的两人仿若石化般四目相对。

唐久久糊里糊涂的脑子在经过"那个小屁孩呢""我在做梦吗""肩膀上有青痣,所以是彦希真人""他为什么出现在我家","我居然看光了他的身体""我脏了!我要长针眼了"等一系列爆炸式信息轰炸,她抢过早已滑落在地上的薄毯,把自己死死地蒙头包裹住。

任由彦希在外面怎么拉扯,她都尖叫着蜷缩着把自己藏在薄毯里,用完全无法平复的身心在纠结为什么小屁孩不见了,彦希凭空出现的这个事实。

"你出来。"

"别想!"

"你先出来。"

"不!"

两个人在这场拉锯战中僵持不下,刚睡醒就开始累了的彦希找了一个稍微大一点的玩偶挡在身前,揉了揉太阳穴:"再说一遍,你先把毯子给我。"

唐久久并没有领会到这句话的重点。

薄毯里的她疯狂摇头:"不,我不出来。我一出来就要看到全裸的你。不行,我拒绝!"

说什么来什么,本应该打马赛克的画面又浮现在她眼前。

别人都说看山是山,看水是水,唐久久她以后看到的彦希应该就是一个人形马赛克了。

外面的彦希快要被这榆木疙瘩气死。

他闭了闭眼,忍无可忍地把她蒙头的毯子一把掀开,动作干净利落地把它围在自己腰上打结。

被拿掉遮挡物的唐久久紧闭双眼大声叫着:"啊啊啊啊啊!我不看裸男!我不管你怎么出现在我家的!我的眼睛脏了!我不看!我拒绝!"

声音尖锐,吵得人脑壳痛。

已经把自己包裹严实的彦希蹲下来精准地拍了一下唐久久的脑门,这个动作仿佛是禁止咒,让唐久久顿时安静下来。

彦希吐出两个字:"睁眼!"

唐久久把脸捂得更加严实:"才不!看了长针眼!"

"放心。就算你想看,我也不会给你看。"

唐久久闻言,悄咪咪地睁开了一道缝。

她看见裸着上半身的彦希坐在沙发床上,垂着头非常无奈。

"麻烦你,给我拿件能穿的衣服。"

半小时后。

回房间换下睡衣的唐久久,与穿着一件特大号红色卫衣的彦希坐在餐桌的左右两边,泾渭分明。

"所以,你的意思是,昨天在发布会期间,你不知道为什么突然身体不适,然后变成了小孩儿。你得想办法离开,刚好遇到我,所以想办法来我家先避着。但又不知道因为什么,早上你又变回来了，成了出现在我面前的……"

唐久久瞪大眼睛，注意到努力维持淡定的彦希耳朵尖已经泛红，她很有良心地没把"裸男"二字说出口。她话锋一转："可是你为什么要把这些告诉我呢？"

彦希很"光棍"地摊开手："谁让你恰好发现了这个秘密。"他又指了指身上这件卫衣前胸的几个大字，"而且虽然我很不愿意我的生活中牵扯进粉丝，但在这种让人匪夷所思的情况下，粉丝是更好的选择。起码比起其他人，她们更愿意相信我说的话。"

大可不必啊朋友，我是你的黑粉！

唐久久在心里无声地呐喊，但她忧伤地看着彦希身上的卫衣——这其实是一件应援服，胸前也坦荡地印着"彦希粉丝后援会"几个大字。

大概她是解释不清楚"我不是粉丝，只是一个接定制文化服外单的中间商"的事了吧。

没注意到唐久久的欲言又止，彦希一鼓作气地提出要求："鉴于不知道之后还会不会发生这样的事情，为了以防万一，接下来一段时间，我想请你做我的贴身助理，帮我掩护，不被发现。"

"贴身助理？"已经污了的唐久久当即画出自己的重点，颇感为难地问，"有多贴身？"

彦希呆滞了，一言难尽地认清唐久久后，尽量用正直的语言来解释"贴身"这个概念："只要我出现在人前，你就要保证我一直待在你的视线范围内。"

唐久久低下脑袋，似乎在考虑这件事情的可行性。

彦希见缝插针，加大筹码："其他的事情不需要你做，月薪一万。"

唐久久似乎嗅到了阴谋。

"要是被媒体跟粉丝看到你身边平白多了一个女助理，大家不会在网上 diss 你吗？"

"不会，他们要骂也是骂公司……以及你。"

啧，看看这副冷漠的嘴脸，当代人心冷酷不过如是。

"所以……"唐久久立刻接过话头，露出为难的神色，"你看，这份工作不太……"

"两万。"

唐久久迟疑："我每个月设计童装，画的图稿多一点，还是可以拿到这个数的。"

"三万。"

这可比画设计图轻松多了。

唐久久立刻展露笑容："成交！"

彦希噎了一下，心里莫名涌上一股"亏了"的后悔之情。

他开始跟她商量具体条目，把双方杂七杂八的要求整合一遍后，两人才拟出一份像模像样的合同。

比如"甲方彦希不能耍大牌刁难乙方唐久久""双方都不能将秘密泄露给第三人"，以及彦希写上去的"工作范围外，双方应相互保持距离，尊重彼此隐私，不过分靠近，合同结束后双方再无纠葛"……

唐久久看向最后那行字，迟迟缓不过神来。

最后，在彦希的注视下，她提笔缓缓在乙方处写下"唐久久"三个字。

网络上的热心群众经常劝告天真的小年轻们，千万不要随便立flag，因为容易被打脸。

唐久久认为希望姐姐们有必要去彦希微博下面也刷一刷这条忠告。

签完协议后，彦希向唐久久借了手机，去阳台上拨了个电话。她猜他应该是去联系齐钰了。

果不其然，找人找得快要报警的齐钰在一小时后，带着大包小包敲响了唐久久家的大门。

等待开门的这段时间,齐钰已经酝酿好了待会儿见到彦希时要问的一连串问题。

为什么突然不见?

为什么不接电话?

为什么会出现在这种保密性一点都不严格的老小区里?

为什么明明记得下午还有一个很重要的广告拍摄,还来这一出惊吓?不知道死对头蓝天河都来挖墙脚了吗?

……………

但这么多问题,在看到开门的人不是彦希,而是一个年轻的女生时,齐钰脑子里只有警钟长鸣——要死!彦希这个狗东西居然偷偷摸摸谈恋爱了!

齐钰眼神绝望,但还是不死心地问来开门的唐久久:"请问你是……"

"小齐哥,你好,我是……"说到这里,唐久久略微停顿,在人家正牌助理面前说自己是彦希的助理,她心虚。

"她是我的贴身助理,唐久久。"彦希落后几步走出来,站在唐久久身后接话道。

显然，这个答案不能打消齐钰的怀疑，所以深知齐钰"尿性"的彦希继续放出一个炸弹级消息："也是我的女朋友。"

"女朋友？"

两个高亢的声音，是唐久久跟齐钰的吃惊二重唱。

已经把保护隐私刻入骨子里的齐钰，意识到现在这个环境不适合谈论这件事情，他拎着东西，把唐久久挤进房子里，顺便再用脚带上门。直到三个人都站在了客厅里，他才克制着情绪问彦希："这到底是怎么回事？"

彦希调整情绪，发挥出了影帝该有的专业能力，演绎一个痴情男人："我跟久久交往很久了，一直是地下恋情。昨天久久说不能忍受长时间见不到我，所以要跟我分手。但我不能失去久久。所以为了追回她，我才错过了发布会后半场。"他一副憧憬美好未来的幸福模样，虚虚地揽着僵笑着的唐久久，"我们都说好了，以后给久久安排助理的身份，这样她就有理由出现在我身边。"

目光深邃柔情，眼前被他注视着的人仿佛是全世界最幸福的人。

"那么问题来了——"齐钰还是感觉到不对劲，"你们是怎么在我眼皮底下认识、交往，还都快分手了的？"

可彦希是谁，他是随时随地能编出一个言情故事的逻辑鬼才。

所以，他用两个字高度概括："网恋。"

姑且先不说"网恋"这个理由可不可信，反正齐钰越听心越凉，形影不离相伴多年，他居然才发现，他的老板是个不折不扣的"恋爱脑"。

就像目前的这个站位，人家并排站着搂搂抱抱关系亲密，而他，齐钰，站在他们的对立面，是个形单影只的电灯泡。

"估计小葵姐知道后会想杀人。"

齐钰失魂落魄，开始默不作声地把带来的衣服跟化妆工具都准备好。

殊不知，对面那对虚假情侣，正在小声进行第二轮谈判。

站在餐桌边，唐久久背过身拿出协议指着最后一条跟彦希小声说："是我不认识汉字了还是你失忆了，你来说说这是写的什么？"

想不到刚立下 flag，打脸来得这么快的彦希拿起桌上的笔，无声地在协议上面把这条划掉了。

"抱歉。只是不这么说的话，齐钰不会相信我会无缘无故再招一个助理。"

"但是我没答应要做你的协议女友吧？"唐久久追问。

"薪资再加一万,你就先占个位置。划算不划算?放古代就相当于给你吃空饷。"

吃空饷的意思是这样的吗?这位朋友是古装剧演上头了吗?

唐久久被这个逻辑打败。

见她没再抗议,彦希才去换上齐钰带来的衣服,坐下来让齐钰整理造型。

这还是唐久久第一次亲眼看男生给男生做妆发,干脆坐到旁边近距离观看。

彦希垂眸看齐钰带来的广告剧本,将脸交给齐钰任他摆布。

而齐钰浑身充斥着莫名的战意,手上动作不停,嘴里却在嘟嘟囔囔:"今天我拿出毕生绝学!你给我争气,艳压那个兔崽子!"

他说得义愤填膺、慷慨激昂,但当事人彦希理都不理他一下,沉迷剧本。

为了不使场面尴尬,唐久久都不纠结"艳压"这个词用在这里是否恰当,问了关键性问题:"艳压谁?"

"蓝天河。"齐钰找到了听众,开始滔滔不绝地抱怨,"那个狗崽子不知道从哪里听说彦希还没到拍摄现场,就去毛遂自荐了。说什么彦希要是行程冲突不能去片场,正好他可以帮忙补缺。补个屁缺啊，还居然给'上眼药'。我们为这个广告把时间都空出来了，有什么好冲突的？"

要不怎么能说是死对头呢？

众所周知，蓝天河是彦希的对头。虽然蓝天河走日式治愈系花美男路线，还特别会宠粉，与彦希的老干部人设南辕北辙，但两人年纪相仿、咖位相当，在圈内撞了不少资源，双方团队跟粉丝也暗地里掐了很多回架。所以，这会儿蓝天河赶去拍摄现场等着捡漏，也是能理解的，毕竟机会从来都是给有准备的人。但"上眼药"就大可不必吧。

"那也要看我愿不愿意给他捡漏。"

没期待彦希能参与到对话中来，他却突兀地开了口，轻飘飘的几个字，透着几分舍我其谁的架势。

广告合作方是国内连锁经营的商场"春天里"，因为这两年在网络购物的冲击下，实体经营日益萧条，所以"春天里"想要找个话题度高的明星来拍宣传广告，以便达到增加客流量的目的。

消息放出来没几天，他们就官宣了彦希。

下午，沅城市中心的"春天里"已经停止营业，在商场中庭内布置了拍摄现场。

　　整座商场占地面积广,不熟悉里面布局的人转个圈就能把自己绕晕。多亏了早在门口等候的工作人员,有他的指引,彦希、齐钰以及唐久久这名刚走马上任的助理,才顺利到达商场中心的拍摄地区。

　　时机很精准,他们到的时候,蓝天河正对负责人汪总跟蔡导说:"听说彦希恐高很严重,威亚戏一般都是替身上。刚看到剧本上有吊威亚的要求,不知道咱们有没有给彦希请替身?"

　　这打蛇随棍上的本事没谁了,没聊几句话就开始"咱们""咱们"地拉关系了。

　　知道别人给你使绊子跟亲眼看到别人给你使绊子还是有差别的,至少彦希心里很不爽。他眯了眯眼睛,冷硬地插话:"哦?我怎么不知道我的威亚戏都用替身?"

　　"希哥来了啊!"

　　没有半点尴尬,蓝天河像是无事发生,脸上挂着招牌笑容,跟彦希打招呼。

　　可彦希这种有一说一的大好青年不惯蓝天河这种毛病,他充耳不闻,跟汪总和蔡导打过招呼后,就进一旁给他准备的休息间换上广告商要求的造型服装。

留下蓝天河站在那里，神色晦暗不明。

走在最后还回头看了一眼的唐久久正好将蓝天河这个表情收入眼中，不由得打个冷战，两三步小跑进入休息室。

"我觉得蓝天河不像是好人。"

休息室里没外人，唐久久把刚才看到的那一幕说给彦希听，并且说出了自己的结论。

亏得她以前还对蓝天河有点路人好感来着。

这话似乎让彦希很开心，他嘴角微微上扬，首次给予正面肯定："所以说眼见为实，你大胆地相信你的直觉就好了。"

理了理换好的衣服，彦希还是没忘记多提醒一句："别忘了，博大精深的汉语文化早就概括出了一个词——笑面虎。"

"既然你都知道，为什么还说不用替身？"

"不是我不用，是他们不让用。"彦希笑了笑，眼睛清明透亮，说得云淡风轻，仿佛早已练就铜墙铁壁，对他人的恶意全都无动于衷，"蓝天河的心思大家都明白，话都说开了应该也都知道我恐高。但替身的事情，汪总不提，蔡导不提，想必我们提出来也会被顶回来。再者，当初对方跟我们签合同的是另一位负责人，这位汪总其实推荐的是其他人，据说跟他沾亲带故。只是现在那位休产假去了，才把工作都交接给他。至于导演,呵……"彦希撇了下嘴,"听说蔡导一向不怎么喜欢流量明星。再说,看一个风光的当红明星在自己手底下出糗,不是挺有意思的吗?"

说完他就走出了休息室,那背影,比之前的齐钰还像一副要上战场的样子。

是的,彦希恐高。

小时候目睹了爸爸从高楼上意外坠落的画面,从此便对高处有了一种浸入骨髓的恐惧。

而这次的拍摄临时加了一个情节,需要他坐在商场上空的热气球里,然后跳下来。

尽管他给自己做了很多心理建设,但吊着威亚的他凌空腾起的瞬间,他才意识到生理恐惧是没办法消除的,就像现在,他下意识地舔嘴唇,手脚冰凉,张皇地盯着逐渐远离的地面。

齐钰扫了导演那个方向一眼,发泄似的将手里的杯子就近往置物柜上重重一放,他得出去给小葵姐打电话,让她跟公司出面交涉。

如果这个广告真的折腾彦希,让彦希受那么大的委屈,那他们还是尽早毁约吧。

"不好意思，不好意思，能不能先停一下？"

知道自家艺人状态不对，助理必须第一时间去关怀。秉承职业操守的唐久久一点都不客气地闯入拍摄区。

工作人员从善如流，关掉机器。

其实现在的高度也只是让彦希离地三四十厘米的样子。

彦希没有反应过来威亚已经停止，直到手里传来让他回神的温度，他才意识到，自己的手正被人紧紧握着，对方的眼神里含着关切，正蹙眉问自己："你还好吗？要是不行还是不要勉强自己了。"

"又死不了，没什么大事。"

"要不，这广告不拍了？"

反正他现在火，没有这个资源还会有其他的。

"怎么可能不拍，当初争取这个广告花了不少力气。"他知道唐久久的未尽之言，自嘲地笑，"而且，娱乐圈里，谁都没有底气去放过到手的机会。"

看他起高楼，看他宴宾客，看他楼塌了。

圈子里的变化太快了。

想说什么却不知道该怎么说，唐久久只能努力给他制造一点安全感。她从兜里拿出一颗牛奶糖，剥开给他："下面有很厚实的充气垫，就算掉下来也没关系的。彦希，你别怕，我们都会看着你。

加油啊！"

说完，她做了个加油的手势，便又跑开了。

彦希不知道自己是被手上残留的温度分了神，还是嘴里弥漫开来的甜味转移了自己的一些注意力，他俯视着人群，定格在唐久久的背影上。

是不是有这么一种情况，现实里发生的某件事情，总感觉似曾相识，似乎很早之前也这么发生过。彦希在回忆里翻找，却怎么也没想起当初又是谁在安慰恐高的他。

威亚重启，彦希慢慢地被升得越来越高。

谁都没有注意到，置物架后面伸出一只手，拿走了齐钰放在上面的杯子，没过几秒，杯子又被放回了原位。

林玉阮离开得悄无声息，回来得也很低调。

她附在蓝天河耳边："放进去了。"

仿佛是没听到，蓝天河依旧面带笑意仰头看着正跨进热气球里的彦希，直到对方成功进去，他才做出放下心的样子，扭头温和地面向林玉阮，语气森然："如果这次还不行的话，我会很失望的。"

"你再相信我一次。导演说这种镜头彦希要多拍几条，他对花生过敏，只要喝下去那杯子里的水……"

"那我可真的期待了。"

"都好了吗？各单位做好准备，我们要开始第一条拍摄了！"

不远处，导演粗犷的声音通过喇叭的扩散，成功打断了他们的对话。

彦希坐在热气球的吊篮沿边，腿在外面悬空挂着，踏空的不安全感让他紧紧握着拉绳，手指骨节因为用力过猛而泛着青色。他调整呼吸，控制面部表情，想一次过了这个镜头。

听到导演的指令，彦希用力闭了一下眼睛，再睁开，鼓起勇气往下看了一眼，突然看到一众仰望的人群里，有一个不停在蹦跳挥手的身影，很吸引人的目光。

是唐久久。

他抿了抿嘴唇，收回视线，继而张开双臂，凌空飞翔。

彦希身高腿长，此时他还没忘记在空中尽量舒展开四肢，显得整体姿态特别优美。

围观的齐钰跟唐久久并没有去看导演监视器里的画面，但想来艺术加工后的成片会更好看。

他们等着彦希落地，导演喊卡的一刹那，迅速地跑上前去扶住有些踉跄的彦希。

渗渗冷汗打湿了彦希被风吹乱的碎发,他脸色惨白得连嘴唇都失去了血色。

"你还好吗?"唐久久第一次见到这么虚弱的彦希,有点被吓到了。

彦希摆摆手,没说话。他嘴巴干得有点苦涩,正准备伸手接过齐钰递过来的杯子,就有场记过来通知,导演说这是重要镜头,得多拍几条选择最优,所以要麻烦彦希还得上去跳几遍。

"什么玩意儿!"齐钰气炸,把杯子塞给彦希,撸着袖子准备去找导演,"我们脾气好就当我们是好欺负的是吗!"

彦希一把拉住他:"你去找导演有什么用?人家理由正当,再推辞就是我们不敬业了。"

"那怎么办?就这么任他们摆布?"

齐钰看向导演所在的那个方向,蓝天河不知道什么时候也坐到了那边,此时正跟导演有说有笑地聊着什么。

"肯定是蓝天河那龟孙撺掇的!"

从兔崽子到狗崽子到龟孙,蓝天河在齐钰心里的地位直线下降。

看齐钰实在气得很,彦希又把手里的杯子递给齐钰:"火气这么大啊小齐哥。"他语气略带戏谑,"先给你喝几口消消火。"

已经气到失去理智的齐钰接过就仰头喝下,喝了几大口才后知后觉地发现杯子里的水有点不对劲。

"这杯子里的水怎么有股花生味?难道我的味觉都被气坏了吗?"

听他喃喃自语,彦希面色一肃,自己伸头闻了一下:"是有花生的味道。"

"什么?"唐久久惊呼一声。

娱乐圈今天给她的震撼太多了。

她小时候见过彦希吃了花生之后全身长小红疙瘩,然后呼吸不过来的样子。那时候她根本不懂"过敏"的概念,后来,奶奶只告诉她,跟白雪公主不能吃皇后化装成的老婆婆的苹果一样,彦希不能吃花生。

齐钰以为唐久久是好奇他们为什么会对花生这么严阵以待,于是解释说:"彦希对花生过敏。"他捋着思路,"这件事情我们没有透露过,但难保有人从医院里打听到这个消息。杯子里的茶是我亲手泡的,后来我一直拿着杯子,也就是在我给小葵姐打电话时才放在置物架上。所以现场有人趁那个时候,往杯子里掺了花生。"

彦希接着说:"能知道我对花生过敏,以及我要是真的不能拍了,他可以立刻补上的人,就是蓝天河了。"

一说到这里,三个人齐齐转身,对上蓝天河跟他的经纪人似笑非笑的表情。

彦希到底是没有再按照导演的要求反复拍这段威亚镜头,因为时小葵踩着恨天高,杀气腾腾地来了。

她首先把汪总跟蔡导一起请到了休息室,透露了有人在彦希杯子里掺了花生粉,碰巧彦希还对花生过敏这件事,然后强硬地表示,如果彦希在广告拍摄期间出了什么意外,那LMX娱乐保留追诉整个拍摄组以及"春天里"商场的权利。

这句话犹如一柄尚方宝剑般,让蔡导跟汪总乖乖不作妖,顺利地拍摄完之后的镜头。

至于"花生事件",因为置物架这里的摄像头刚好被拍摄器材给挡住了,所以也没有留下到底是谁在彦希杯子里放花生粉的证据,只能就这么算了。

气氛压抑的休息室里,齐钰低着头,屏气凝神,只有灵活的眼珠子左右翻飞,不停地打量一言不合就暴躁的女大魔头,跟慢条斯理气死人的任性老板,顺带还注意坐在战场旁边当隐形人的潜在导火索唐久久。

出于拿钱办事的好员工守则,在这种时候,齐钰自觉担当起人际关系润滑剂的角色。

他嘿嘿嘿地干笑几声,举起大拇指给时小葵点赞:"要不还得是小葵姐出面呢！小葵姐,你就是我们团队的定海神针、指路明灯,带领我们披荆斩棘走向美好明天的领路人！小葵姐……"

"闭嘴。"不轻不重,但这个御姐的女声成功地让齐钰吞下了接下来的即兴赞美。

时小葵平静地看向彦希:"所以,我能跟这位唐小姐聊聊吗？"

被点名的唐久久瑟缩了一下,她后知后觉地发现,假装彦希女友这件事情就是一个大麻烦。

好在彦希的良心没有泯灭,他挑眉对上时小葵咄咄逼人的视线:"小葵姐,你有没有意识到现在的你有点像八点档电视剧里的恶毒婆婆,下一秒就应该拿出一张支票问她'给多少钱才能离开我儿子'。"

这个笑话并没有让屋内的气氛缓和下来,时小葵哂笑一声:"不,我只是怕唐小姐被你的表象蒙蔽,误入歧途而已。"

"那你放心,我们感情很好,说不定以后还能让你出礼金。"

这些话像是软刀子一样让时小葵再也维持不住表情,她勉强礼貌地给唐久久打了预防针:"不好意思啊,唐小姐,我不是针对你。"

　　唐久久连忙摆手,表明立场: "我理解,我理解。你不用对我抱歉。"

　　"行,感谢理解。"时小葵点点头,瞬间冷下脸,对着彦希提高声音,"彦希,老娘不跟你兜圈子!我请你搞清楚现在的情况好不好!你才刚成为顶流,我邮箱里剧本一刷新就能多出几个,可着你挑!你现在给我变成'恋爱脑'?你是有多膨胀?现在多少娱记追着你身后找新闻,你真的就搞出一个大惊喜给他们,帮他们完成年度KPI任务?"

　　"要不然怎么说,感情的事情是最没道理可言的呢?"彦希凉凉地说,"所以小葵姐,为了减少暴露的机会,我决定再砍掉一些行程。"

　　时小葵:"请问你今天是想气死我吗?"

　　彦希一脸无辜。

　　时小葵:"我想提醒你,你还在上升期。虽说是顶级流量,但你也经历过,从'风光无两'到'查无此人',只需要一天时间就够。我觉得你这个时候不适合调整工作量,更不适合谈恋爱。"

　　粉圈边缘人物唐久久非常赞同地点了点头。

彦希看见唐久久的反应，轻咳一声，希望这个猪队友不要拉后腿。他提出这些只是担心自己未来某个时候会继续毫无预兆地变成小孩子。在没有查清楚事情到底会是什么走向之前，他都得尽量待在家里不出去。

　　彦希木着脸，语气认真沉稳："那我适合做什么？按照我是演员的身份的话，那我只适合演戏。所以你看，我申请砍掉一些可有可无的行程也是合理的。"

　　时小葵被噎得无话可说。她扭头白了齐钰一眼，不是在电话里说彦希变成"恋爱脑"了吗？哪个"恋爱脑"还能说话这么有理有据让人无法辩驳？

　　艺人都已经做出决定了，她这个经纪人再怎么样也拧不过他，只能退后一步："行，但你要唐小姐做你的助理这件事情……"

　　彦希秒变无赖："都说男人在认真工作的时候是最帅的，为了在久久面前表现得更好，我会更努力地工作。小葵姐，你看，久久在我身边就是对我的鞭策。"

　　这种肉麻兮兮的话让唐久久眼皮抽搐，她不禁腹诽，影帝不愧是影帝。

　　最后，时小葵答应彦希的要求，阴沉着脸回公司去调整行程。

临走前,她深深地看了唐久久一眼,暗自决定好好查一下这位唐小姐的来路。

从"春天里"出来,彦希并没有选择回家,而是来到一家私立医院。

他想检查一下身体到底有没有出现什么问题,成为变成小孩儿的诱因。但他对齐钰用的借口是,人有点不舒服。

昨天发布会上彦希捂着胸口痛苦异常的画面还没有散去,齐钰对今天彦希说的不舒服更是警铃大作,二话不说就把人送到了医院。

"你是该好好检查一下。"齐钰仔细观察着彦希的脸色,"还难受吗?"

彦希无视唐久久看戏的眼神,矜持地点头:"现在又好些了。"

齐钰眉头拧得紧紧的:"是不是最近行程太多,你太累了?哎,这么一说,你还真的是需要推掉一些活动,好好养一下。"

几个人边探讨"身体是革命的本钱",边拿着体检单子一路做了三四十项检查,最后收集到所有医生能当下给出的结果,彦希轻车熟路地来到了一间内科医生的办公室。

当然,鉴于检查结果的私密性,唐久久跟齐钰都在门外等着。

"就单单从这张表格上的项目检查结果来看,你的身体没有任何异常。"内科主任医师连芳仔仔细细地把体检报告单上的所有数据一项一项看完,才开口,"如果你觉得身体不适,火气比较大,那也不一定是身体出了问题。"

她摘掉眼镜,满含戏谑地继续问:"你还没女朋友吧?你看看,成年人有时候需求比较大,太过克制禁欲反而对身体不太好,压抑得太狠了还会导致一些身体疾病,影响精神状态甚至是生育能力。"

彦希起先还摸不着头脑,后来越听脸越黑,终于抢过连芳手里的体检报告单。

"别乱推因果关系。我有女朋友。"

"哟,是吗?稀奇啊。"连芳的好奇心一下子提起来,"什么时候带来给我瞧瞧?"

"呵。给你看干什么,再把人拉住说生理需求跟人体健康之间的关系?"

察觉到这个小她十多岁的人的别扭,连芳毫不在意,大手一挥:"我们医生眼里不分男女只有病患的一视同仁精神你不懂。"

两人相熟多年,既是朋友,又是姐弟,彼此对对方有着不一般的信任。所以彦希的体检报告都会保存在连芳这里。

彦希笑了一下,说:"那就这样,等其他体检报告出来你再跟我说吧。"

"行啊,到时候要是有什么问题我再联系你。"

接着,她就看到向来淡定的彦希打开门,脚步匆忙地走出医务室,头也不回,似乎再多待下去,就又要被关心男性健康方面的问题。

连芳笑出声,继续低头整理病历资料。

没写几个字,门又被敲响,连芳应了一声就抬起头来。

来人是齐钰。

齐钰笑呵呵:"连医生,你这次又是说了什么,让彦希溜得飞快,我在后面喊都喊不住。"

"是他脸皮太薄,我也就是让他正视生理需求而已。"

齐钰:"……"

生理需求,而已。

是他齐钰不该提起这个话头,他错了。

有错认错,齐钰当下就把话题引到正轨上。他收起刚才的调笑,变得严肃认真:"连医生,尽管很冒昧,但我们彦希所有的体检报告全在你这里保存,我想不冒犯地问一下,除了你之外,还有其他人可以查阅彦希的体检报告吗?"

连芳皱眉:"汇总的体检报告是存在我这里,但每个项目的医生电脑上还会有单项记录,只要有权限进入系统后台的,都能看到。"她不解地问,"为什么要问这个?"

齐钰点头:"最近有人知道彦希对花生过敏,故意在他喝的水里放花生粉,还好被发现了,才没出大事。"

连芳吓了一跳,深知这件事情的严重性,当即就说:"你放心,我一定会留心的。"

唐久久今天第一百次感慨,她对贴身助理一职的认识太浅薄了,以至于在知道她要入住彦希家里的时候,音量直接冲上高八度,尖着嗓子问:"什么?我们要住一起?"

察觉到驾驶位上竖起耳朵注意后面动静的齐钰,彦希描补道:"对,同居。"

我可真的是谢谢你了。被口水呛到的唐久久如是想。

汽车停在楼下的临时停车位,唐久久下车,转身啪地关上车门,另一道关门声也随之响起,彦希很自觉地也跟着下了车。

这可怎么行。就算现在天色已晚,但路灯明晃晃的,还是能很清楚地认清人脸。齐钰出声阻拦:"祖宗,你能不能安分地待在车里？我去一起搬行李，行不行？"

"不行！"彦希回答得斩钉截铁。他绝对不会放松，让自己有离开唐久久视线的任何可能，但明面上还是端住了，"女朋友的事情，怎么能叫外人帮忙？"

跟了他六年多，换来一句"外人"的齐钰想哭。

电梯门一关上，唐久久用商量的口吻试探："要不，搬家还是免了？反正你在自己家里，就算是变成小孩子也没人会知道。"

"齐钰有我公寓的密码。"

所以万一他要是在家变成小朋友，齐钰会知道。

唐久久的眼睛滴溜溜地转，说："你想没想过让齐钰知道这件事情？"

说实话，还真想过。

虽然齐钰这人时常咋咋呼呼，但关键时候嘴巴很严，不会随便透露消息，是个值得相信的人。

但是齐钰知道也只是会多出一个为他担心的人罢了……

彦希笑了笑："还是不要让人家对这个世界产生怀疑了。"

"那我真的一定要去住你家？"

"你说呢，贴身助理。"

他在"贴身"两个字上加重了语气,让唐久久无话可说,但还是努力挣扎了一下:"孤男寡女的……"

"所以请你把持好自己,恪守一个粉丝的底线。"

???

唐久久觉得自己的人品有被羞辱到。

算了,咱好歹是拿他月薪四万的人,还是得听老板安排。

眼见楼层快要到了,唐久久在今天背的大包里面摸索钥匙,这个帆布包没有隔层,钥匙玩起了捉迷藏。

直到电梯门打开,彦希拉着她的袖子把她牵出来,她还在低头翻找,嘴里还问:"那我要在你家住多久?"

身边人没有回复,他的脚步顿住,唐久久跟着停下,恰巧她摸到了钥匙。

"久久,你终于……"颜菲在唐久久家门口等了大半天,刚准备抱怨唐久久回来得晚,此刻仿佛被扼住了喉咙一般,"彦彦彦彦彦彦……彦希!"

同样等在门口的于雪曼也瞪大了眼睛,不可思议地盯着面前的两人。

本来是想给好朋友一个惊喜，给她庆祝生日，但没想到好朋友不仅不在家，还先给她们一个惊吓。

　　老天啊，平时她们就知道唐久久很关注彦希的消息，应该是他的粉丝，但谁都没想过，有一天，这位了不得的粉丝会搞到真人！

　　唐久久听到颜菲的喊声条件反射性地扭头，看到两个拎着礼物袋正满目惊愕的朋友时，大脑这才反应过来，当下是怎样一幅修罗画面。

　　她，一个拥有丰富生活经历的成年女性，此时竟不知道是去捂住两个好朋友的眼睛，告诉她们"你们看错了"比较快，还是把彦希重新推回进已经关门的电梯里比较快。

　　"不是你们想的那样！我可以解释！我们……"

　　"正在交往。"彦希落落大方，十分坦然，并且还搂过已经因这四个字而石化的唐久久，"今天她答应搬去我那里，所以我陪她来拿点儿东西。"

　　要不然该怎么解释他陪着上来，等下还要带着唐久久跟她的行李回去呢，还不如先交代一下这层关系。

　　"还同居！"颜菲跟于雪曼难以置信地看向唐久久，眼里射出惊人的光芒。

对不起，她们今天打扰了。

但是姐妹儿，论牛气，你说第一还有人敢说第二吗？

唐久久躲避来自好朋友们虎视眈眈的眼神，干笑两声。

什么都别问。

问就是一切都是假的，彦希是个谎话精。

问就是，她好想原地转发以前她做的，彦希说话直接让周围人没有接话余地的视频剪辑。

围在门口也不是事儿，更何况还有一个不能被别人发现的彦希，唐久久打开门邀请大家进去。

彦希率先进门，好朋友三人组落在后面，颜菲跟于雪曼对唐久久抹脖子瞪眼睛，无声地控诉她偷偷谈恋爱的行为。

你看，现在多尴尬，她们两人好心来庆生，结果却活生生变成两只熠熠生辉的电灯泡。

于雪曼悄声感慨：“久啊，我仿佛看到了你身上散发着言情女主角的光芒。”

唐久久什么都不想说。

等进了屋,两边经过唐久久的介绍,算是建立起了基本的社交关系。

而颜菲跟于雪曼,从大脑被迫接受"彦希是久久男朋友"这个信息后,不可避免地就站在唐久久娘家人的位置,在心底默默为彦希打分。

打分过程中,两人的目光过于光明正大,直勾勾到让彦希有些尴尬。

他咳了咳,沉声催促唐久久:"要不你去收拾东西?齐钰还在楼下等着,不好让他等久了。"

这句话的音量有些大,彦希确保对面二位能听见。

即使他已经发信息给齐钰,告诉齐钰在楼上遇到唐久久的朋友可能会晚一点儿再下楼,也不妨碍这时候拿齐钰出来当作借口,让对面二位知道他们不能一直坐在这里聊天。

果然,颜菲和于雪曼两人成功会意,跟唐久久一起站起身,把放在茶几上的礼物袋递给她:"喏,给你。"

"什么?"唐久久接过来,伸头往里看。

"礼物啊!"

"干吗送我礼物?"

"今天你生日啊!"

本来还有生日蛋糕的,但去拿货的时候,店家说蛋糕被不小心摔了,只能作罢。

"我生日?"自由职业者唐久久不知道今天是几月几号也不知道今天是周几,"哎?我生日到了吗?"

这一来一往的对话让彦希都产生了怀疑:"今天真的是你生日?"怎么看着唐久久本人这么不确定呢?

唐久久可以不知道自己的生日,但身为唐久久的男朋友怎么可以不知道?

本来都已经准备走的颜菲跟于雪曼相互交换眼神,又默默地坐下来了。她们得搞清楚是不是唐久久追星上头,单方面陷入爱情。

抱着这样的目的,于雪曼毫无预兆地问出一个致命问题:"久久保密工作特别好,我们都不知道你们俩交往多久了。"

这该怎么回答?

彦希跟唐久久面面相觑,都怕对方开口,然后说出一个不一致的时间来。

唐久久眨巴了几下眼睛:"我抓紧时间去收拾行李,免得小齐哥在楼下等太久。你们有什么问题问他就好啦。"

她可真是个机灵鬼，这种现编的事情就得靠彦希这个谎话精。

后来，在唐久久用收拾行李这种借口开溜的这段时间，彦希面对"你跟我们久久怎么认识的""你们之间谁追谁""你知道久久喜欢吃什么吗""久久有一个我们很喜欢她改掉的习惯，你知道吗"等问题，起先还发挥了看过那么多剧本的知识储备现编了一个爱情故事，但后来什么都不知道的他只能用"我累到不想说话"的高冷表情来搪塞。

结果就是，彦希的表现让两位好朋友心里对他的印象分直线下滑——这是什么惊世骇俗的大猪蹄子！

唐久久是瞎了眼吗？

朋友眼中被爱情蒙蔽了双眼的唐久久，拖着行李箱出来，发现彦希已经是闭麦模式，正高贵冷艳地拄着脑袋，盯着窗外漆黑如墨的夜景。

而她的两位好朋友双手环胸，时不时地往他那边扔几个白眼。

于雪曼看到她，痛心疾首："姐妹儿，你什么眼光啊，我觉得洛昭闻比他好多了！"

还算是没撕破脸，于雪曼是凑到唐久久耳边念叨的。

但是，洛昭闻可能是属"曹操"的。

门铃响了，离门口很近的唐久久去开门，门外站的人，正是洛昭闻。

/ 第三章 /
醉酒见人品
唐久久,你明天醒过来要是不记得这件事情,我会杀了你的。

洛昭闻是唐久久的合作伙伴,她的设计图稿优先出售给洛昭闻,所以某种意义上,洛昭闻也是她的甲方爸爸。

但这个甲方爸爸简直是设计师的福音,不催稿不返图,每次结款还利索,让唐久久感动得经常在好朋友面前夸洛昭闻。再者,洛昭闻迁就宅家工作的唐久久,经常送服装打样上门,偶尔会碰到来做客的颜菲跟于雪曼,一来二去间,大家就都认识了。

从唐久久这里听到的很多次夸奖,以及后来大家熟悉之后了解到的洛昭闻的为人,颜菲跟于雪曼一致认为他是一个长得好、性格好、事业好的新时代三好青年,很适合做唐久久的男朋友,多标准的"近水楼台先得月"啊。

于是,两位为唐久久脱单事业操碎心的好姐妹儿就想把洛昭闻往妹夫方向发展，时不时地在唐久久面前拿他出来夸一夸或者踩一踩其他人。

可即使唐久久把自己定位成彦希黑粉，但是有一说一，于雪曼说的话有点亏良心。

唐久久因为于雪曼的这句话，在看到洛昭闻本人后，下意识地回头把他跟彦希做了对比，得出的以上结论。

然而，唐久久这个举动看在于雪曼的眼里就是，有男性朋友上门，唐久久担心彦希会误会，这是在看彦希的脸色。

她们的唐久久什么时候受过这种委屈！就算是爱情，也不值得她这么卑微。

说来说去，还是彦希这个大猪蹄子！

"挡门口干吗？让我进去啊。"见唐久久迟迟没让出路，洛昭闻催促，"我可是好不容易来给你过生日的，本来都以为来不了。"

唐久久为难，她不是考虑到家里有一位说话跟王炸一样的大明星在嘛，怕大家都不方便。但是，她往屋里又看了一眼，此时的彦希不躲不闪，保持一副"我累了，不跟你们这群凡人说话"的样子慵懒地靠在沙发上，见她目光扫过去，还指了指手上的手表，做了一个"快点"的口型，半点儿没有不方便的样子。

行吧，这是她家，她做主。

唐久久很"光棍"地这么决定了。

她让开路，请人进去。

洛昭闻来的次数多了，一点都不客气地先进屋，熟络地跟颜菲和于雪曼打完招呼，这才看到靠窗的单人沙发上还坐着一个人，长得跟唐久久贴在墙上的那张海报里的人很像。

唐久久介绍："这是彦希。"

她本来想就这么言简意赅地结束，但所有人都不说话，视线聚焦在她身上，等着她的下文。

僵持了几秒钟，她飞快地把嘴里的几个字囫囵过去："我的男朋友。"

话音未落，于雪曼看到，洛昭闻的脸色显而易见地黑了。

这才是修罗场啊！她回头跟颜菲使了个眼色。

今天的聚会气氛，已经不太适合继续下去了。

颜菲跟于雪曼起身告辞，洛昭闻也无可无不可地跟着站起来。

唐久久对于今天没有达到大家预期效果的聚会场面，表示很抱歉。她略带歉意跟讨好地送人离开。

到了门外，颜菲才拉着唐久久悄声说："唐久久，虽然你成功追到偶像我们为你开心，但是你可千万不准'恋爱脑'，不要委屈自己！谈恋爱是彼此珍惜互相照顾，不是单箭头的！"没有明说，但也差不多表达出她和于雪曼不看好这段恋情的意思了。

彦希对于唐久久的喜好半点儿不了解，也不会爱屋及乌地对他们这群朋友热络一些。虽然秉持礼貌会回答她和于雪曼的问题，但全程冷冰冰，一点都不走心。

由此可见，他对唐久久是真的没有那么喜欢。

但是，唐久久不在意啊，彦希不喜欢她才正常。她心里因为欺骗了朋友而内疚，但又感动于来自朋友的真实关心。

她抱了抱面前的两个闺蜜："我知道啦！我一定不会让自己受委屈，你们放心好啦。"

洛昭闻看唐久久不是很在意的样子，说："久久，作为朋友，我们希望你在这段感情里面，多爱自己一点。还有……"他表情变得凝重，眼睛透过唐久久仿佛在看另外一个人，"不要盲目追星。投入一场感情之前，先了解清楚他的为人吧。"

"哦。"唐久久乖乖应下，想了下，还是替彦希说了句，"可是，彦希他人挺好的，我了解他。"

看洛昭闻有点恨铁不成钢，唐久久赶紧岔开话题："你今天情绪怎么有点不对？你家里又让你去相亲了？"

洛昭闻一向脾气很好，待人温和，但刚才对彦希一直有种莫名的敌意，搞得一旁的吃瓜二人组还以为他是吃醋了。

洛昭闻没说话，只是苦笑。

唐久久问："你还在等你那个不告而别的未婚妻？"

早就去电梯口聊其他话题的颜菲跟于雪曼丝毫不知道她们错过了什么，仍然像小孩子纠结以后上清华还是北大那般，纠结唐久久应该是跟彦希继续，还是跟洛昭闻比较适合。

洛昭闻摇头："没有。我只是还没遇到喜欢的人。"

行吧，就看你嘴硬。

感情如人饮水，其他人也不能多说什么。

最后唐久久给洛昭闻一把她家的钥匙，方便他之后过来拿服装打样。

目送大家都进了电梯，唐久久才回头准备进家门。

一转身被身后的黑影吓了一大跳，定眼一看，是彦希黑着脸带着她的行李箱站在那儿。

她拍着胸口安抚跳动过快的心脏，怒声斥责："你干吗？吓死我你就没有贴身助理了你知道吗！"

"哦，你还知道是我的贴身助理啊？"彦希凉凉地抬眼看了她一眼，语气很是不满。

这个态度让唐久久收敛了心虚的那部分情绪，忍不住想要刺回去："差点以为我是你女朋友了。毕竟也不知道是谁见人就说，我们是男女朋友的关系。"

"不要想太多，我只是想把'你成为我助理并且要随时跟着我'这件事变得可以解释得通而已。而且，我们签的是助理协议，并不是交往协议。"他郑重其事地解释，生怕唐久久误会，"就算喜欢我也请你认识清楚，你的喜欢只是喜欢我营造出来的人设而已。"

"说出这句话，您不觉得您有点自恋？"

这是怎么样的强大自信才能说得这么言之凿凿。

彦希挑高眉，居高临下地睨她："如果我说这句话的对象是能把我的海报贴在墙上，被朋友知道我是她偶像，并且还给我穿了粉丝后援会文化衫的话，我觉得这是这句话的合理语境。"

唐久久眼泪往肚子里吞，这是解释不清楚了。

她为自己争辩："那你可放心吧，我对你本来就没想法。说好是贴身助理，我就会尽心尽责在任期内做一个优秀的贴身助理。"

彦希又说："那我得提醒一下，贴身助理的工作是二十四小时制的，换言之，唐小姐，你的时间都是我的。"

"？？？"

对上她错愕的脸，彦希丝毫没留情，继续说："既然拿了高薪就要有配得上的职业素养，我相信你刚才说的那句斩钉截铁的话应该不会忘记吧？"

唐久久迟疑，生怕这句话里有什么漏洞，最后才不是很确定地说："不会。"

"那以后工作时间内不要处理你的私事了。"彦希假笑了一下，重重地把行李箱塞还给她，径直走向电梯。

唐久久在他身后翻了一个大大的白眼，还是选择跟了上去。

下了楼，齐钰早已经等在那里，倚着车身有一搭没一搭地抽烟。

余光中瞥见他们来了，他赶紧丢掉烟头迎上去，结果彦希目不斜视地越过他，冷漠地上车，并关上了车门。

齐钰见怪不怪，帮唐久久把行李箱放在车后备厢里，还悄悄问她："怎么又闹别扭了？"

"大概是觉得自己亏了吧。"

按他的说法是,高薪买了她的时间,结果被她拿来处理私事。

"啊?"齐钰不懂。

"不懂吧?我也不太懂。"唐久久不再给他答疑解惑,而是问,"等很久了吧?我朋友等在我家门口,说要给我过生日。让小齐哥你久等了。"

"没事,没事,我们这工作都等习惯了。"齐钰说完反应过来,"今天你生日?"

"嗯。我都忘了。"

这一刻,齐钰认为自己是知道了彦希这两天反常的原因了。

还是"恋爱脑"啊。

给女朋友零点庆生,答应她的生日愿望,要时时刻刻在一起什么的,都是常规小说情节啊。

唐久久第一次发觉自己竟然是个仇富的人。

在彦希解开指纹锁,推开大门,在手机屏幕上按了一下,面前黑得伸手不见五指的房子顷刻间便灯火通明,显现出它该有的豪宅排面的时候,唐久久承认,她很酸。

不过,在自家门口被他怼的那些话言犹在耳,唐久久暗自压下心里的那颗酸柠檬,目不斜视地跟着进去。

动作一板一眼到让齐钰侧目，他悄声问彦希："你女朋友这是什么毛病？"

"大概是因为有你在，所以她不好意思。"彦希随口扯了个谎。

齐钰将信将疑："你是认真的？"他怎么没看出来唐久久是个会不好意思的人？

"我的意思是，你可以走了。"

这种用完就扔的男人真绝。

齐钰气得扭头就走，大门被摔得狠狠地响了一声。

唐久久管不着这两个人的恩怨情仇，她被带到二楼客房，就这么在彦希家住下了。

把带来的行李都收拾出来归置完毕，唐久久才有时间打开电脑，在 D 盘文件夹里面挑挑拣拣，最后只找出一张图片，加了一行既符合图片意境又代表自己心声的字，上传到了微博。

  喂你吃颗糖：希望姐姐们斗图专供。

下面是彦希在采访视频里的截图。那时候唐久久网速不好，视频卡的时机很巧妙，画面定格在彦希眼皮半睁不睁露出眼白的样子。

图片上还有一行字：你说的我一个字都不爱听。

发布出去不到几秒钟，就有大批希望姐姐赶来在底下留言：
"希望姐姐的底线在博主这里完全不存在。"
"本希望姐姐表示，表情包很实用！"
"如果我家哥哥的黑粉都是糖糖这样的，我可以。"
……………

唐久久剥了一颗奶糖塞进嘴里，开心地翻着一条条的评论，对着这张新出炉的表情包，之前的怒气开始慢慢消散。

尚且不知自己又在表情包界多出一张热门图片的彦希，此时正裹着薄被翻来覆去地在床上烙饼。

他时不时地摸摸脸，摸摸手，再把薄被下的腿伸出来暴露在灯光下看一看，确认没有变成小孩儿才放心，但下一秒，又会坐起来，看窗户上的倒影。

总之，没有消停的时候。

自从经历过一次变小之后，彦希仿若惊弓之鸟，时刻怀疑是不是下一秒自己就要变成小孩子。这种不确定的感觉，让他有些茫然，甚至是缺乏安全感。

他抓了抓头发，翻身下床，想下楼去拿点儿喝的。

到楼梯口，他听到客房里传来一个轻柔的女声带着撒娇的味道说："什么呀，就算二十四岁了我也还是你们的宝宝啊。"

他抬头，客房的门没有关严实，还留着一条小缝，屋内暖黄的灯光伴着她的声音从缝隙里飘荡出来。

"没有啊。今天忘记吃蛋糕了，不过你们别担心，我怎么可能错过一个让我理直气壮吃甜食的机会。明天就去买个草莓蛋糕。"

彦希恍然，对了，今天是她的生日。

想到之前在她家，他板着脸让她没办法跟朋友们好好庆生。

彦希拧着眉，看向客房的方向迟迟没有迈出步子。

虽然才刚认识唐久久，但也许是因为她是唯一一个知道他秘密的人，所以他下意识地会相信她，并且依赖她。所以当他不想跟别人说话，想快点回到属于自己的空间的时候，也想让她撇开所有人，守在他身边保护他的秘密。

他放轻脚步下了楼，站在一楼的落地窗前。

清冷的月光洒下银白的一层，他藏在黑暗中，看不清脸上的表情。

黑暗中，手机屏幕的微光亮起，接着是彦希的声音："喂，你帮我买一个蛋糕送过来。"

那头刚到家准备洗漱的齐钰:"什么?你告诉我,我是不是听错了?"

"不,你没有。帮我买一个草莓蛋糕送过来。"

"大哥,你不看看现在几点了,谁家蛋糕店不关门的?"

"十二点前要是送不到,扣你这个月工资。"

齐钰:"……"

他都要想不开了,他一个老实本分的单身狗招谁惹谁了?伺候彦希喝伺候彦希穿,现在还要伺候彦希谈恋爱?

而一小时后,被彦希喊出来吃蛋糕的唐久久抱着十二万分的警惕:这是不是彦希的"先给一棍子再给一颗糖"?

但,蛋糕看起来很好吃的样子。

好吧,在草莓蛋糕面前,放下恩怨情仇,等我吃完继续做他黑粉。

草莓蛋糕很好吃,好吃到足够唐久久做了一晚上带着水果甜香的美梦。

连带着第二天唐久久的心情也很好,嘴角噙着笑,洗漱完毕就脚步轻快地准备下楼做早餐。

楼下的客厅早已经坐着一个人。从沙发周围的地板上洋洋洒洒散着的一堆A4纸来看,可能是从昨晚一直坐到现在。遮光窗帘没有被拉严实，清晨的阳光从这道二十厘米左右的缝隙里挤进来，将他的影子投射在满地铺就的白纸上。

唐久久停下脚步，将带着孤寂质感的画面定格在手机后置镜头中，白纸黑影的低饱和度让这张照片竟也显出几分艺术感来。

可手机此时不合时宜地发出低电量提示音，在这个寂静的环境里格外刺耳。

彦希也察觉到这一声动静，回头望向她。

四目相对，目光灼灼，唐久久不得不挤出笑容："早啊！"

彦希扫了下手表，时间已近中午，他违心地回："早。"

这声回应在唐久久这里被默认为是善意，她放下方才提起的心，消除了看到他时产生的拘谨，大大方方地下了楼梯，走近他。

"你这是在找资料？"

此时彦希跟前的茶几上摆着一台笔记本电脑，此时正播着《解密人体奥秘》的纪录片，旁边还有一沓已经写得密密麻麻的打印纸，以及一杯已经见底的咖啡。

彦希很不雅观地打了个哈欠："正好这两天把时间给空出来了，就想找找原因我到底为什么会变成小朋友。"

"有没有找到什么原因？"

闻言，彦希把鼠标丢开，整个人往后靠，陷在柔软的沙发里。他抬手，有气无力地按揉眉间，缓解一夜未合眼的酸胀感。

他懒懒地开口，带着点儿颓丧："要是有这么容易，那世界上的科学家都不值钱了。"

他查了一晚上，从生物到化学到物理到地球磁场……只要有点关系的，他都找了一遍，但一点头绪都没有。

唐久久偷瞄了一眼茶几上的纸张，上面一大堆公式符号看得她头晕眼花。

她赶紧收回视线，带着学渣对知识的敬畏安慰道："没关系，慢慢来。再说这也不一定是坏事。你看，小说里回到小时候的都是主角，天选之子，上帝宠儿。你这么想想，是不是觉得有点开心？"

不好意思，根本开心不起来。

彦希木着脸，不给她一点正面回应。

唐久久很挫败，安慰人这件事情实在太难了，还容易冷场。

门铃声恰好响起，唐久久自告奋勇地起身去开门。

再关上门时，玄关处已经多了一个半人高的纸箱子。

唐久久跟屋内闭目养神的彦希汇报："帮你签收了一个大箱

子。"

而且这个大箱子还特别重,刚才物业管家把它从小推车上卸下来时,唐久久都觉得地面抖了三抖。

"你帮我拆开吧,应该是昨晚买的书到了。"

几分钟后,唐久久就拆出了一个迷你图书馆。

《论人体科学》《有机化学》《普通生物学》《细胞生物学》《神经生物学》《基础分子生物学》《分子和细胞神经生物学》……

到后来,唐久久已经完全不知道"生物学"这三个字怎么写了。

"请问,您这是要转行去当生物学专家吗?"

彦希耸耸肩:"人体这一块属于生物学范畴。我就照着生命科学的课表买了本科四年的课本,还有一些国外学校推荐的专业书。"

"你不会是告诉我,你为了搞清楚原因也打算去读四年的生命科学?"

"也不是不可以,总得要弄清楚到底是为什么变小又变大,要不然我不放心。"

彦希整个人陷在沙发里,逃出了阳光覆盖的那片区域,精致的轮廓在阴影中勾勒出棱角分明的弧线,却因为他最后的低声叹气显得整个人的线条也柔软了几分。

唐久久在这一刹那似乎感受到了他不小心泄露出来的一点点脆弱跟不安。

　　她睁大眼睛想看清楚彦希现在的表情，可是彦希已经换了一副模样。

　　彦希收拾好所有情绪，走过来蹲在这堆书前："说不定这是我人生的新方向。学着学着就变成兴趣，然后退圈搞研究去了。"

　　您真是天真。

　　唐久久真诚建议："我邀请你去看一部动漫。"

　　"什么？"

　　"《名侦探柯南》。"

　　这个名字很熟悉，经常会听人说到，但彦希从来没看过，所以也不懂唐久久为什么会推荐给他。

　　"为什么？"

　　"新一就是从大人变成小朋友柯南的啊，不过他是因为被犯罪分子注射了特殊药剂，然后博士……"

　　口若悬河的唐久久忽然顿住，她注意到彦希一知半解的表情，眼睛放大再放大："你该不会是没看过这部动漫吧？"

　　彦希沉默。

唐久久惋惜："那你的童年是真的不完整。"

何止不完整，他的童年简单到单薄，一两句话，三四个地点就能概括所有。

学校，少年宫，家。

三点一线，晚上吃完饭还要练习钢琴，练完两小时，刚好洗漱睡觉。

他没看过什么动画片，也没去过小时候大家都喜欢去的游乐园。

唐久久打击完彦希，没心没肺地宣布要去做午餐。

彦希看着她离去的背影，拿出手机在视频网站上搜索《名侦探柯南》。

等唐久久做完早午餐出来，发现彦希已经盘腿坐在地板上，戴着耳机，长如蝉翼的睫毛低垂着，专注地、一眨不眨地盯着手机屏幕。

她冲着他的背影喊："吃饭了！我给你也准备了一份。"

过了一会儿，唐久久看看自己碗里已经吃了一半的面，再看看依旧无动于衷的彦希。

"我就煮了面。不快点吃，面坨了可不赖我。"

"你不饿吗？"

她起身，凑近一看，手机屏幕上赫然是一个日本朋友，柯南。

当晚,"喂你吃颗糖"的微博上就发布了一个AI换脸后彦希版本的柯南,与AI换脸之后彦希版本的毛利兰的视频。

自那天起,彦希已经不是以前的彦希,而是沉迷于《名侦探柯南》的彦希。

可是,工藤新一在破解"为什么彦希会变成小孩儿"的问题上也无能为力。

幸好到目前为止,彦希都没有再次变成五岁小豆丁。

正当他开始思考,是不是那次是唯一一次算得上人生奇遇,之后就不会再发生,以及是不是该把那堆生物学教科书利用起来的时候,连芳打来了电话。

接到电话时,唐久久坐在房间里的电脑前,一心一意赶着设计稿,而彦希正仰躺在一楼懒人椅上看投屏在墙上的《柯南剧场版》。

看到来电显示,彦希心跳没来由地加快几分,隐隐约约地预感到接下去的谈话可能会有些重要信息。

果然,连芳在电话一接通就急切地问:"你最近身体有什么不舒服吗?"

彦希缓缓呼出口气,还是没说出实话。

"没有。"

"那就好。如果你有什么不舒服,赶紧来医院。"连芳那头传来纸张翻动的声音,"今天所有检查结果都出来了。你体内微量元素有异常,有一项放射性元素的数值过高,而且,我们现在还排查不出是哪种元素。"

彦希克制情绪,没有显得那么急迫,追问:"那有什么影响吗?"

"从检查结果来看,暂时没有影响,但不排除它有病变期。我建议还是要多多观察,有什么地方不舒服的话立刻来医院。"她放缓声音,"你也仔细想想最近去了什么地方,或者碰了什么东西。"

"我每天都在齐钰的眼皮子底下,能去哪里?"彦希想了想,又问,"那它的数值会一直这么高吗?有办法降下来吗?"

连芳沉默,良久才说:"暂时不知道,我们仍在研究。"

"好,谢谢,我明白了。"

挂了电话,彦希随手把手机扔到一边,失神地望着天花板。

"放射性元素……"他把这五个字在口腔里翻来覆去地嚼着,耳边是连芳各种语调的"暂时不知道""暂时没有影响""暂时无法得知",生平第一次他讨厌"暂时"这两个字。像是安装在身体里的定时炸弹,不知道什么时候会爆发。

他烦躁地拨了拨头发,想打电话给齐钰,但刚伸出手,动作就停下来。

他不能告诉齐钰。

彦希拉了拉领口,起身上楼。

唐久久在收到彦希的喝酒邀请后,狐疑地打量他一番。他现在很不对劲,全身上下翻涌着一股"我很烦,别惹我更烦"的气势。

但唐久久扒拉着门框,还是很坚定地摇头拒绝:"不!我不喝酒!"

为了大家的人身安全着想,她必须拒绝。

彦希皱眉,将就着:"那给你喝饮料。齐钰买来的国外进口葡萄汁。"

"哦,那行,你是老板都听你的。"她喜欢葡萄汁。

彦希:就没见过变脸这么快的人。

重新坐回客厅,彦希一声不吭先灌了两杯红酒下去,看得唐久久有点心惊。

她捧着手里包装花里胡哨的据说是齐钰买来的国外进口葡萄汁，嗫嚅着："彦希。"

声音太小，对方没听见，又喝了一杯酒。

唐久久伸手按住他准备倒第四杯的手："你喝闷酒就不需要我这个工具人了吧？"

彦希从善如流地放下酒瓶。

他坐在地板上，背靠着沙发，左腿伸直放平，右腿屈着，右手拄在膝盖上，侧头与唐久久对视："我……"

他停了几秒，像是有秘密自心底蓬勃涌出，在冲开唇舌之间的桎梏。

唐久久仿佛有所察觉，紧张地喝了一口葡萄汁，忽略掉嘴巴里甜甜涩涩的滋味，她耐心等着对方接下来诉说的心事。

迎上唐久久通透的目光，彦希下意识地转移视线，刻意地说得不清不楚："我不喜欢突如其来的东西，也不喜欢未知的不确定。我希望未来的生活有迹可循，然后再一步步按照我能猜想到的样子去拓宽。"

对别人剖析自己真的很难，好在一旦开头，后面的话也越说越顺，越说越直白。

"变成小孩儿这件事情在我这里,大概是十级地震。以后我还会不会变小,变小之后多久才能变回来,其间我会不会被人看见……这一切我都不知道。我时常忐忑,不敢暴露在人前,怕在没有防备下突然变小。

"到那时候,我算什么?

"是怪物?是网络上一出现就会被'404'的不可说?是活在所有人嘴中的谈资?抑或是……"

唐久久莫名口干,咕噜几口把剩下的葡萄汁喝完,在心底替他把话接下去——抑或是很多人实验报告里的数据。

彦希跟她碰了个杯,也不在意她喝不喝,自己仰头就是一口,喉结上下滚动,酒入肝肠,他眨眼隐去眼眶里的热泪。

"我花了这么多年时间从低谷慢慢走到现在这个位置,走了太久,看了太多,我已经累到没办法接受更多的突然了。这几天我一直无法安定,我很想知道……"

彦希话还没说完,脸就突然被人捧住了,接着眼前有阴影靠近,嘴唇上传来温软的触感,隐隐约约有葡萄的香气。

"你……"他后退,想问唐久久在发什么疯。但与他距离咫尺之间,近到呼吸交错的唐久久已经扑上来,双手固定住他的脸,又凑上来亲了好几口。

　　身后靠着沙发，彦希避无可避，任凭唐久久变成接吻狂魔，胡乱地在他脸上盖章。

　　等亲够了，她额头抵着他的额头，鼻尖蹭着他的鼻尖，笑得甜腻腻的："嘻嘻嘻嘻嘻……彦希，你好好亲啊。"

　　彦希：我好不好亲要你来说？这是饮料喝上头了吗？

　　唐久久的声音里有掩藏不住的醉意，彦希扶着软成泥的她防止她摔倒，另一只手费力地够着沙发上的空罐子。他凑上去闻了闻，葡萄味很浓，但同样还有点酒精味，仔细地在花里胡哨的包装上翻找，总算看到有一行极其小字的括号，里面写着 Alcoholic beverages containing（含酒精的饮料）。

　　彦希扶额，无奈地对着嘟着嘴想继续胡作非为的唐久久说："你酒量差得连酒精饮料都不能喝？"

　　怪不得刚才说不喝酒。

　　但唐久久完全不知道彦希在说什么，她扒拉着彦希的手，想摆脱他的禁锢。

　　"亲亲好不好？给我亲亲好不好？"酒醉的人力气变得格外大，再加上唐久久扑在彦希身上，他力气根本使不出来。

"知道我是谁吗,你就亲?"彦希努力在他们之间拉开距离,"我跟你说,你这样很容易吃亏的。"

不知道唐久久的脚踩在了他哪里,他痛得低呼了一声,力气随之泄了七分八分。

"唐久久,你明天醒过来要是不记得这件事情,我会杀了你的。"

明天怎么样,唐久久不知道。反正她现在已经成功蹿上来,再次亲到了彦希,还伸出舌头舔了舔。

这要是能忍下去,彦希他就是个姐妹儿!

他护着唐久久的脑袋,一个翻身,将不老实的她压制住,然后捂住她迷蒙到失去焦距的眼睛,吻了下去。

良久,感觉到身下的人已经消停了,他才停下。

一看,这个不知道自己今晚到处点火的人已经脸颊通红,睡着了。

"我也是昏了头。"他自嘲地笑了一下,平复了半晌,才将人抱起,送回客卧。

一步一步地走着,他还在琢磨,是不是真的像连芳说的那样,是他单身了太久的缘故。

唐久久坐起身抱着被子呆滞地看着眼前的环境,完全反应不过来这是哪里。半分钟后,她渐渐回神,眼睛里慢慢恢复神采,昨晚的事情在眼前快速掠过,才终于想到了——我喝醉了!

这四个字宛如一道晴天霹雳,震得她脑袋发晕。

她把自己重重摔回到床上,把被子拉过头顶,整个人又埋在薄被之下。

醉了之后,自己做什么了吗?她脑子里一片混沌,完全回忆不起来。

但是,根据之前的几次醉酒经历,自家妈妈的嘴角被她亲破皮,颜菲差点被她磕破嘴唇,雪曼……雪曼有了之前的经验拿着个瓷碗扣在她的脸上,后来她醒过来发现脸上有一大圈印痕,在家里待了好几天才褪掉。

老唐家要是有家规的话,第一条应该就是禁止唐久久沾酒。

唐久久摸索出手机,手指翻飞间已经发出去一条微信。

"菲菲,我喝醉了真的会乱亲人?"

"我以前不是还拍过视频给你看过吗?你的罪行历历在目,罄竹难书!"

"要是没亲到别人,我会怎么样?"

"没有'要是',你每次都亲到了!"

唐久久选择"闭麦"。

可是，昨天喝的不是葡萄汁吗？国外的葡萄汁都掺酒精进去了吗？

那自己亲彦希了？

不行！这个想法得划掉！

彦希那么人高马大一男人，要是不能保护好自己的贞操，那早就被吃干抹净了吧！

这么一想，唐久久又有信心了。

她溜下床，躲在楼梯口，隔着护栏探出脑袋观察楼下的动静。

一道声音在后脑勺上方响起："你鬼鬼祟祟在这里干吗？"

听听，这还是昨晚那个在她面前吐露脆弱内心的男人吗！

唐久久被吓了一跳，站起来呵呵笑了几声："我好像昨天睡落枕了，在做伸脖儿运动活动筋骨。"

彦希不相信地眯起眼睛，快速地扫过她脸上的神情，在瞄到她殷红的嘴唇时，像是被烫到般立刻移开。

"昨晚，我是不是喝醉了？"

彦希小声回应："是。昨晚那个是酒精饮料，我没看到那行小字，以为是葡萄汁。"

"哦，怪不得。"唐久久不好意思地挠头，"我酒力很差的。"她抬起眼皮，心虚地说："但我的酒品还是挺好的……对吧？"

对什么啊对！

彦希刚想这么说，又忍了下来。察觉到唐久久试探的眼神，他把持着脸上的每一寸神经，平和地把问题抛回去："昨晚发生什么你不记得了？"

唐久久的身体在震颤，她稳了稳心神："没有吧，我就记得我醉了，然后就睡着了。我这人，比较爱睡觉。"

"是，所以我很顺利地把你送回房间了。"

"哦，谢谢你。"

彦希笑容温和："没关系。我也谢谢你。"

不是唐久久疑心病重，她总觉得，彦希这句话是咬着后槽牙说的。

/ 第四章 /
五岁彦希亲妈粉

万一他在节目录制中变成小孩儿,那真的是要翻车了。

时小葵挪出来的一周空闲时间转瞬即逝,彦希又要出门上工,做一个娱乐圈的"社畜"。

今天他要作为特邀嘉宾,出现在一个真人秀里的最后一个部分——鬼屋探险。

唐久久不是很明白彦希为什么会接这个通告。

"你不是不喜欢参加综艺的吗?"

他们坐在游乐园里一间特地为彦希倒腾出来的休息室里,唐久久已经见怪不怪地看齐钰给彦希的头发抹发蜡,把他那说长不长的头发抓出了一些凌乱感。

"还人情啊。"彦希翻着手上的台本,熟悉大致流程,"陈导以前拉拔过我。"

陈导是这个综艺的总导演，当年要拍一个MV，就把彦希从群演里挑出来了。然后看彦希演技好，又推荐给他交好的其他导演。托他的福，彦希拿到了一些有台词的龙套角色，结的工钱也多，算是可以混口饭吃。

如今陈导临时接手这个改版的综艺，经费少，常驻嘉宾没什么名气，加上上一季口碑差，所以这季已经播了几期也没什么起色。迫不得已，陈导就邀请彦希，希望借着彦希的人气，扩宽节目的收视群体。

彦希换上节目组冠名商提供的衣服，齐钰摸着下巴盯着彦希的整体造型，思考一番，还是决定做些改变。他从自带的箱子里拿出一枚星星胸针。

彦希斜眼看着齐钰："怎么又是这个？你是私下收钱给人打广告吗？"

"我倒是想。可惜这个没品牌方认领，是我拿去加工的。"齐钰帮他把胸针别在衣服扣子上，像原本就是嵌在这款服装整体设计里面的点缀。

齐钰得意地显摆道："跟你这件衣服很搭吧。我真是个设计鬼才。"

"搭！小齐哥好眼光。"唐久久背着一个双肩包，凑过来看了一眼，立即送上吹捧。

彦希盯着镜子里笑得弯着眼睛的唐久久，出声问："东西都带齐了吗？"

唐久久大包大揽："我办事，你放心。"

彦希大概是得了"离了家我就会变小孩儿"的疑心病，出门前就叮嘱唐久久要做好准备，把儿童衣服都放包里带上，拍摄时尽量离他近一些。

唐久久虽然不以为然，不过还是乖乖照做。万一他在节目录制中变成小孩儿，那真的是要翻车了。

俗话说，好的不灵坏的灵。

彦希将手里从大红花轿内取出的关键道具"称心如意"锁，扔给另外一个来接应的嘉宾，然后往反方向逃跑，远远抛下追在他身后的面白如霜的鬼新娘。

直到整个鬼屋内的广播里传出"已成功开锁，游戏完成，但鬼屋动乱开始，请各位嘉宾从规定的出入口安全撤离鬼屋"，彦希才停下来。他喘着粗气，靠在一面转角的墙上，右手按着胸口，那里是已经发疯狂跳的心脏。

他不敢确定这是因为受到惊吓的生理反应,还是变成小孩儿之前要经历的预兆。

现在距离他进鬼屋已经一个多小时,游戏也只剩大家撤出鬼屋这一步骤了。

环顾一圈,发现摄像老师也在刚才的逃跑过程中跟丢了,他稍微放下点心,并没有往节目组规定的出入口走,而是步履蹒跚地走向鬼屋深处。

希望外面的唐久久聪明点,早点发现他的异常。

"彦希是在往哪里走?"

鬼屋外面临时搭的简易棚里,齐钰跟唐久久坐在节目组放置的一排监视器前,盯着彦希的几个机位画面。

鬼屋里路线复杂,节目组考虑到随行摄影师可能会跟丢嘉宾的情况,事先在嘉宾胸前装上了一个迷你摄像头。加上本来就在鬼屋内各个通道、房间安装的摄像机,彦希的身影出现在其中几个监控画面里。

可这些监控画面对应的位置,不是节目组规定好的撤离方向。

现在游戏进程过了大半,只要嘉宾们顺利逃出鬼屋,今天的录制就可以结束了。而彦希却没有往规定的出口的方向走。

"他是不是搞错方向了？"齐钰对他现在不出来的行为摸不着头脑。

唐久久摇头，表示自己也不清楚。但她已经察觉到彦希这么做的原因。

要是有什么反常的事情，那就可能是他今天运气真的不好了。

趁着大家的注意力都在监视器上，唐久久狂奔回到休息室换了一身衣服，背起包往鬼屋后面跑，那里有另外一个出口。

一边的副导演在联络鬼屋里还没找到彦希的摄像师，指挥他方位，让他早点跟上彦希。

而齐钰并没有发现身边少了一个人，他问陈导："能用广播提示彦希走错方向了吗？他再进去就出了我们今天的拍摄范围了。"

游乐园的鬼屋项目偶尔会更换里面的一些场景布置，来保证游客们对它的新鲜感。这次鬼屋最里面的一些房间还在更新维修中，所以不在拍摄范围内，节目组也没有在那里安装设备。

陈导本来觉得节目里彦希在快要成功的时候犯了傻，会是一个能让观众开心的梗，但考虑到彦希本人的安全，他当下就打开广播，提醒彦希不要再继续走下去。

可彦希不是不认识路。

广播里响起陈导略带综艺效果的声音:"彦希,你现在离出口越来越远,离游戏成功也越来越远。节目组通知你,请立刻返回。返回就是胜利。"

接连重复了三次,彦希一点反应都没有。

现在他所在的这个过道已经没有监控,壁灯也被关掉,光线慢慢暗下来,只有地上分布的稀稀拉拉的几盏射灯发出昏黄的灯光,为营造恐怖气氛献出了一点点力量。

冷汗顺着彦希的脸颊滑落,他大口大口地呼吸着,心脏绞痛,眼前一阵阵发晕,单手扶着粗糙不平的墙壁,脚步轻浮地来到一扇挂着"此场景禁用"的门前,不管不顾地冲了进去。

眼睛早已适应了黑暗的环境,他看了周遭一切,最终躺进了离他最近的一口棺材里。

齐钰眼睁睁地看着彦希走出节目组的监控范围,最后借着点微光看到彦希打开了一扇大门,然后画面里一片漆黑,接着,他听到重物倒地的声音。

"来几个人,跟我进去看一看!"

齐钰再也坐不下去,起身带着几个工作人员往鬼屋里冲。

"应该是这里。"

唐久久不得不佩服彦希的头脑,他一来游乐园就问工作人员要了一张鬼屋的平面图。在彦希的指点下,唐久久也弄懂了鬼屋的整体布局。

唐久久绕了一个大圈,按照记忆中的路线,找到了鬼屋的另外一个出入口。

如果监控里面她没看错的话,彦希应该是离这边的出入口比较近一点。

推开虚合上的大门,里面黑到伸手不见五指,外面的光线只照到眼前的一小块儿地,但也能让唐久久窥到鬼屋的场景是有多吓人。

所以,到底是彦希的运气差,还是她的运气差?

那么多地方可以变小孩儿,为什么非得选鬼屋?

她深吸了一口气,把书包背在身前,然后打开手机自带的手电筒,咬咬牙一鼓作气地冲进去。

还是要赶在其他人前面,找到彦希。

说起来简单,但实际上操作起来真的就很难了。

唐久久记得"新娘抢亲"这个环节是在鬼屋的三楼位置,本来这个出入口是有一个电梯可以直达三楼。但是她进来的这边是被暂时关闭的状态，所以电梯也不能用。

等她后背贴着墙壁，紧抱着身前的背包，哆哆嗦嗦地绕开节目组的摄像头，从一楼来到三楼时，已经过去了一段时间。

唐久久无法确定彦希现在正躲在哪个角落，凭着"一切都不能暴露在摄像头之下"的宗旨，她还是哪里黑找哪里，最后找到了三楼被关闭的区域。

"彦……"刚准备喊彦希，但想想这两个字的目标有点大，唐久久还是选择了另外一个称呼，"崽崽，在不在？听到的话应一声，姐姐来找你了啊。"

彦希的很多亲妈粉都喊他"崽崽"，尽管彦希很不喜欢，每次都会装作听不见。但亲妈粉还会觉得这样子傲娇的彦希特别可爱，于是喊得更加起劲。

就这方面来说，唐久久觉得亲妈粉的心也有点"黑"，值得她这个黑粉学习。

再者，要是点儿背被其他人听到，她还可以推说是看到有小朋友不小心溜进来了，她来把人带出去。

棺材的空间对于一个五岁的小孩子来说，很宽敞。尽管里面还有一副塑料的人体骨骼。

身体上的不适逐渐退去,彦希关掉胸前的记录仪,侧躺在这架骨骼旁边,蔫蔫地等唐久久的到来。

这个黑暗的空间没有给他带来半分恐惧,比起害怕被人发现的担心,他心里更多的是释然,还有一些低落。

这次的变化打破了他心底最后一点点的侥幸。

原来他还是会变成小孩儿。

不过,他又隐隐升腾起一种期待,想看看睡过一觉之后,是不是还能如期变回一个成年人的模样。

唐久久找来时,彦希都迷迷糊糊快要入睡了。

听到她的呼喊,彦希立刻坐起来,扯着脆生生的童音喊道:"在这里!我在这里!"

他看着举着手机当手电筒跑过来的唐久久,虽然逆着光看不见她此时的样子,但莫名地对她生出一种亲近感。

唐久久看到人,心里像是放下一块大石头,呼了口长气:"差点我都以为要找不到你了。"说完,利索地从随身背包里拿出早就准备好的童装,递给彦希。

她背过身,手却弯着搭在自己肩膀上,拿着手机给他照明。

"齐钰是不是也进来找我来了？"

"应该是。"唐久久回答，"不过应该没我快，我是从另外一个门进来的。"

彦希两三下换好衣服，又把自己原先穿着的那套衣服胡乱地团成一团，放进唐久久的包里。

"我好了。我们快走吧。"

他仰着头，等唐久久转过身，自觉地张开双臂，示意唐久久抱他出去。

没办法，这口棺材有点大，凭他现在的小胳膊小腿儿，根本爬不出去。

见他表情既害羞又傲娇，唐久久暗暗笑了一声，一把将他抱起来。轻飘飘的一团抱在怀里，根本不费力气。

正准备把他放在地面上时，齐钰的声音隔着化不开的黑暗传到他们的耳朵里。

两人都没再发出声音，对视了一眼。唐久久拿起包，索性就抱着彦希，放轻脚步，消失在与齐钰他们相反的方向。

"唐久久，给我买个冰激凌。"

"唐久久，我要一杯冰可乐。"

"唐久久,那个山路十八弯的东西是什么?你去买一串。"

…………

从鬼屋里出来,抄了一条小路,穿过茂密的小竹林,唐久久抱着彦希来到游乐园的主干道上。

看着周围的人来人往,原本打算叫辆网约车回去的唐久久提议道:"彦希,反正都来游乐园了,我带你去玩项目吧!"

节目组只是包下鬼屋来满足拍摄需要,游乐园里其他设施都是正常运行的。

注意到唐久久兴致盎然的模样,彦希咽下那句"有什么好玩的",回头仰着脖子看了一下身后巨大的摩天轮,他冷着一张小脸,点了点头。

行吧,他也想在游乐园里玩一次。

不过,虽然今天不是周末,但游乐园里排队玩项目的人还是很多。为了防止彦希走失在这茫茫人海里,唐久久买了一个气球,绑在彦希的手腕上,这样子好歹能让进了人群就消失的小矮子更容易被定位。

在排队等碰碰车时,绑着气球的彦希已经眼观四方,几乎把附近小食摊子上的东西都点了一遍。

他双手捧着可乐杯，腮帮子一鼓一鼓地用吸管吸着冰可乐。唐久久让他待在队伍里别乱跑，认命地去旋风土豆的摊位前买了一串他口中的"山路十八弯"。

担心彦希一个人排在队伍里不安全，唐久久拿着东西急匆匆跑回来，就看到排在他们前面的两个小姑娘，正拿着手机蹲在彦希面前，笑容可掬地跟彦希搭话。

而彦希仍旧捧着可乐杯，侧着身子，低着脑袋，眼皮耷拉着不搭腔。

午后的阳光斜照在他身上，软软糯糯的一小只，唇红齿白，分外招人喜欢。

"小朋友，你好可爱啊。有没有人说你长得好像一个大明星？"

彦希不搭理。

"能不能跟姐姐们一起拍照片呢？"

彦希拧着眉，退后几步。

唐久久快步走上去，把他手里的可乐接过来，又递给他旋风土豆，等他拿稳当了，才跟前面搭话的两位女生说："不好意思啊，我弟弟有点怕生。"

"没事，没事。"看到小朋友的正牌姐姐回来，这两位年轻女生连在他面前自称姐姐的勇气都没了，羞涩地摆摆手，"是我们太冒昧了。你弟弟长得好可爱，刚刚我们还在问他可不可以一起拍张照片。"

唐久久斜睨了彦希一眼，旋风土豆太长，他的小短手拿着不太好控制把它送到嘴里，此时恍若没听见别人说的话，正努力地张着嘴巴吃东西。

她忍不住摸了一下他的脑袋，笑着回绝："我弟弟不太喜欢拍照。抱歉了。"

打发走这两个女生，唐久久察觉到自下而上的一道犀利目光。

她低头，对上彦希瞪着她的愤怒小眼神。

唐久久失笑："怎么，帮你拒绝跟人合照不开心吗？"

五岁的小彦希皱着眉，一板一眼地说："唐久久，男人的头不能随便摸。"

唐久久挑衅地又将他的头发揉了一遍："你以为我愿意摸你这一头发蜡的脑袋吗？还有，你是小弟弟啊。"

彦希晃着小脑袋瓜，躲着唐久久的手："行，你等着，明天我找你算账。"

要不是这句话提醒，唐久久真的快要忘了，眼前这个可爱的小朋友明天可能又会变回成一个俊秀冷淡的成年男人。

她收回手,咳了一声,假装无事发生地说起另外一个话题:"你以前来过游乐园吗?"

"没有。"

他扯了扯嘴角,印象里没有游乐园这种地方。也可能以前玩过,但他早就忘记了。

"没有?"唐久久诧异地看向他,"既没看过'柯南',也没到游乐园玩过。小弟弟,你的童年还真的不精彩啊。"

她看到场内上一拨人已经结束,正是他们进去的时候,便话锋一转:"那今天姐姐带你把所有的项目都玩一遍。"

彦希板着脸,被唐久久抱进碰碰车。帮他把安全带全都系好,她才坐到附近的一辆车里。

场中响起一声鸣笛,彦希还没来得及行动,车子就迎来一次猛烈的撞击。

他跟着摇晃了一下,来不及反应,耳边是唐久久嚣张的笑声:"崽崽,你要踩住车里的那个踏板,去撞别人啊。别管认不认识,撞就完事儿。你腿够不够长?能不能踩到那块板……"

话还没说完,有另外不认识的人开车撞上了她。

唐久久瞬间热血上头，丢下彦希，叫嚣着要让别人好看，调转方向去撞别人了。

这有什么好玩的，没见识。

彦希嫌弃地撇撇嘴，握着方向盘，伸出小短腿踩住了踏板，碰碰车一下子就飞出去了，迎面撞上一辆被一个高中小男生控制的车。

巨大的撞击力让彦希晃了一下，可他的嘴角不知不觉就带起了一抹微笑。

彦希根本不需要看方向，他不管不顾地前进或者后退，转动着方向盘，哪里车多就往哪里撞。撞的次数越多，郁闷跟担心就随之消散了一点。

五分钟过后，所有车都停止。

彦希坐在车里，脸蛋红扑扑的，笑得像个真正的孩子。

他的双眼纯净明亮，亮晶晶地望向过来准备抱他下来的唐久久："唐久久，我们再玩一次这个吧。"

比起五分钟之前端着一副"我很矜持很高冷不玩这些幼稚的东西"的彦希，这样子的他让唐久久想立即打开电脑把微博名改成"五岁彦希亲妈粉"。

母爱泛滥的唐久久无条件地答应了这个要求,在又玩了一遍碰碰车后,两人转移到下一个项目。

就这么一路玩下来,彦希脸上的笑容越来越灿烂。

偶尔还能看到他迈着小短腿,在游乐园里面轻快地跑上一两步。

追他行程快一年,唐久久从来没见过笑得这么明朗、这么轻松的他。

但很快,一个小插曲打断了彦希这么单纯无忧的模样。

坐旋转木马前,唐久久也像之前一样,抱起彦希把他安置好,让他两手环住木马上的扶杆,而她自己也准备挑一个离彦希近一点的木马。

"这位家长,我们这边一米二以下的儿童不能单独乘坐木马。"工作人员及时制止了唐久久,"为了您孩子的安全考虑,请您跟他坐一起。最好是护着他后背一些。"

于是,唐久久在工作人员的注视下,坐在了彦希身后,假装没有察觉到他的僵硬。

音乐声响起,木马开始转动,其他小朋友都"哈哈哈"地欢声笑起来,除了彦希。

他板着脸,正襟危坐,跟唐久久中间像是隔出了一条银河,整个人就差没有贴在扶杆上。

"刚才我都抱了你那么多次,现在才不好意思起来吗?"

彦希摇摇头,强行解释:"没有,我就是有点背疼。"

"鬼扯。"唐久久嗤笑一声,把他从扶杆上揽过来,圈在怀里,"小孩子哪会背疼?你安心靠着就好啦。"

鼻尖有淡淡的香气萦绕,彦希听到她哼着轻柔的曲调,手臂伸直在暖洋洋的微风里。

渐渐地,他放松下来,悄悄地靠着她。

温度隔着衣服传递到他的后背,他整个人都柔软起来。

当晚,黑云压城,瓢泼大雨从浓得化不开的夜幕中坠落,砸得整座城市都模糊了。行人们裹紧身上的薄外套,压低雨伞,匆匆穿过雨帘,在夜色中慢慢隐去身形。

路边一个瘦削的身影,神情恍惚,在雨幕中跌跌跄跄地走着。

忽地被一级台阶绊到,她重重地摔倒在潮湿的水泥地面上,泥渍污染了她的棉质白裙。白皙的手指在冰凉的雨里浸得有些发红,她撑在地上,想支起身体,但就是没有力气重新站起来。

渐渐地,她不再挣扎,躺在地上,海藻般卷曲的长发贴在她的脸上，让人无法看清她的容貌。

洛昭闻拎着一个大袋子，从电梯里走出来。

袋子里的是他刚从唐久久家里拿来的，唐久久自己打板制作的童装。

走到单元楼门口，雨势渐渐变大，洛昭闻犹豫着要不要再去唐久久家里拿把伞。衣服如果被淋湿，贴在身上可有点不好受。

但懒癌最终战胜理智，他用"我的车就在外边的临时停车位上，跑两步就到了"的理由，成功说服了自己，埋头冲进瓢泼大雨中。

斗大的雨珠和着夏末秋初的凉爽砸在身上，顷刻间便毫不留情地打湿了他身上的白色衬衫，穿透到他的骨骼中，从心底泛起一种让人起一身鸡皮疙瘩的寒意。

他摁下手中的车钥匙，汽车发出的"嘀嘀"两声鸣笛，在这场喧闹的骤雨中依旧很响亮。

洛昭闻不再抬头看路，他弯着腰，低垂着脑袋，拿出小时候体育课上百米冲刺的速度，直奔路面水坑里倒映出的那点不断闪烁的黄光位置。

因此，他也完全没有注意到，就在他几步之遥的地方，躺着他找寻了很多年的人。

"你去过电玩城吗?"

"没有。"

"那你小时候玩过小霸王学习机吗?"

"没有。"

"那你看过《网球王子》吗?"

"没有。"

唐久久震惊地看着眼前这个乖巧应答的小朋友,心里却暗自翻了个白眼。

还真是贵人多忘事啊,明明小时候她都陪他做过,怎么会没有呢?

唐久久陪着彦希在游乐园里疯玩了大半个下午,要不是这场说来就来的倾盆大雨,说不定他们还能继续在里面待着。

也许是坐车太无聊,坐在网约车后车座上的唐久久开始跟彦希进行了一问一答的友好交流。

得到一连串很敷衍的回答,唐久久还要假装自己信了的样子,无奈地问:"那你小时候都在干吗啊?"

彦希透过被雨水不断覆盖的玻璃,看向外面这个光怪陆离的世界,沉默半晌,最后低沉着声音道:"在学习啊。"

他妈妈对他有种病态的掌控欲,希望他一天二十四小时有十六个小时是在学习。

从小学三年级开始,他便拥有一张可以精确到分钟的时刻表。

而填满他整个童年每分每秒的东西就是练习册、试卷真题、各种补习班……

再往前,再往前的记忆,大概是被遗忘了。

载着他们两人的车子在御龙郡小区门口登记完,唐久久还从好心的保安大叔那里拿到一把共享雨伞。

她对着彦希感慨他家小区的人性化服务,还不忘看着路,指点司机把车开到彦希家楼下。

待司机靠边停稳车子,唐久久用手机支付完车款后,打开车门,一只脚刚迈出去,动作就停了下来。

"愣着干吗,下车啊。"在她身后的彦希催促。

"我怎么看到你家好像亮着灯呢?"为了确保没有看错,唐久久还拿出手指从下到上隔空数着楼层,等数到十八楼,才再次确认,"你家里真的是亮着灯。"

彦希没有过多惊讶:"那应该是齐钰在家里等着,说不定还有小葵姐。"

　　这次变小的时机说好不好说差不差,虽然差点暴露在镜头前,但是综艺部分差不多拍完了,所以在逃出鬼屋时,彦希就发信息给齐钰,说自己临时有急事,让他跟导演好好道歉,并且把这次的出演费用给免掉。

　　通知完齐钰,他就干脆利落地关机了。

　　想起雷厉风行的女强人时小葵,唐久久心生怯意地收回已经踩在地上的那只脚,重新关上车门,果断地对司机说:"大叔,走,我们去城北的青山湖小区。"

　　只要彦希还是个五岁小毛孩儿的样子,就不能被齐钰和时小葵逮到。

　　将近四十分钟后,车子在青山湖小区停下。

　　小区里树木森森,路灯昏黄,恍惚间唐久久以为这是又一次的鬼屋探险。

　　她迁就着小彦希的身高,弓着腰,压低雨伞,不让细雨斜风吹到他的身上,快步往她住的那栋楼跑去。

　　经过两片绿化带时,唐久久感觉脚被什么温热的东西拉住,她吓得魂不附体,当即尖叫出声,连忙后退了几步,被她牵着的彦希也被带得跟她一起仓皇倒退。

虽然不清楚她为什么突然间反应这么激烈，但彦希下意识地护在了她的身前，尽管他现在连一米二都没有。

这一切发生得太快，彦希根本来不及看清到底发生了什么。

唐久久在他耳边又喊道："人人人人人！那里有个人！刚刚还抓着我的脚！"

她瞪大眼睛，指着绿化带中间留出的一条狭小过道，声音颤抖，下意识地握紧手里的东西。

彦希的手被唐久久握得生疼，但他没有抽开，顺着她指的方向看去。

灌木丛中有一条可容一人通过的小路，是平时留给小区园丁进去修剪花木的。此时，那里正蜷缩着一个白色人影，纤细瘦弱，看上去是一个女人。

她低垂着头，身上的棉麻长裙被淋湿，贴在她身上，显得整个人更为单薄。

雨声渐弱，细雨绵绵。

夜晚静得唐久久只能听到身体里剧烈的心跳声。

稚嫩的童音嘱咐唐久久:"你站在这里,我过去看一眼。"

"不,我们还是一起吧。"唐久久还有些恍惚,但很自觉地说出理由,"我们只有一把伞,你要不跟着我,会被淋湿的。"

他们放慢脚步,慢慢地靠近白色人影,停在几步开外。

似乎是察觉到被人盯着,女人瑟缩了一下,往后躲了躲。不知道是被冷到还是被吓到,她整个人轻轻地颤抖着,看上去很是可怜。

彦希试探着说:"你好,请问需要帮助吗?"

那女人蜷缩着身子,宛如一座雕像,对彦希的询问无动于衷。

"你听得到我说话吗?"彦希再次开口,但还是没有得到回应。

一直站在他身后的唐久久蹲下身来,歪着头想看清楚对方的表情,但对方被打湿的鬓发垂在身前,正好变成一道防止别人窥探的墙壁。

没有办法,唐久久放柔了声音:"小姐姐,你需要帮助吗?我们可以帮你。"

对方虽然没有开口,但是抬起了头,迷茫地望着唐久久。她长相精致,脸色确实带着病态的苍白。

唐久久见对方有了反应,继续问:"你住在附近吗?现在还下着雨,你别坐在这里了,我们送你回去。"

说完，她觉得有点不妥当。

又跟她不认识，人家可能还会觉得她心怀不轨。

所以唐久久立刻补救道："或者，你需要我们帮你报警吗？"

"报警"这两个字像是触及了女人敏感的神经，她倏然警觉，防备地又往后缩，整个人贴着灌木丛，想把自己藏进去不让人发现。

唐久久问："你……不想我们找警察来？"

女人摇着头，缩得更紧，还发出几声抽噎。

唐久久不自觉地往前，靠近她，轻声安抚："好好好，我们不报警，你家在哪里？我们送你回去。"

结果，后面的彦希不乐意了。

他扯了扯唐久久的后衣领，小声在她耳边恨铁不成钢地说："唐久久，你是不是社会新闻看少了？好多刑事案件都是用老弱病残来引起你的同情心，再把你引去别的地方。你知道她在哪里吗，你就随便说要送她回家？"

唐久久委屈："这不是有你在吗？"

"我现在是小孩子！你跟我就是罪犯心中的完美受害者。"

"那怎么办？"

彦希回答："你打物业电话，叫物业来处理。"

"你也太看得起我们这种老小区的物业了吧？人家早就下班了，现在打电话根本没人接。"

只知道自己小区有二十四小时管家的彦希语塞了。

"又不能报警，又不能送她回家，那我只能带她回去了。"

"不行，怎么能随便带陌生人回家。"彦希像是已经不记得他才是唐久久第一个带回家的陌生人，义正词严地提议，"还是报警吧。"

他声音忘记压低，这句话飘荡在湿漉漉的空气中分外清楚。

女人突然哭得绝望，声嘶力竭："不！不！"她摇头，挣扎着想要起身，可她没有力气，重新跌坐在地。

唐久久看得心酸。她没有管彦希怎么想，把伞塞在彦希手里，上去扶住女人。

说她烂好心也好，说她真圣母也行，这世间有那么多不幸的人走在荆棘中，她只是看到了，想伸把手而已。

即便彦希凶狠地瞪着眼睛，来表达他对唐久久把一个陌生人带回家里的不满，但后者还是我行我素，坚持扶着女人回了家。

隔绝掉外面的凄风苦雨，暖色的灯光驱走了身上的一点点寒意。

唐久久快速煮了姜汤给女人喝，又从房间里找出一套衣服递给她,将她送进了洗手间。

等人进去后,彦希冷着脸,双手环胸,仰着脑袋指责:"唐久久,你还有没有一点防范意识了?这么随随便便就把不认识的人带回家!"

唐久久听到他说这话,一脸莫名地看着他。

彦希被盯得不自在,咳了声,虚张声势地问:"干吗?我说得不对吗?"

唐久久说:"对倒是对的。但是你想想,当初我不是也把你捡回家里了吗?"

她越说越觉得自己有道理,声音也渐渐有了底气:"而且,现在大晚上的,我能把她送哪里去?送哪里都不安全!当初大白天的我都没把你送到派出所,也没把你扔在酒店大堂。"

彦希哑然,随即争辩道:"那怎么一样?我只是一个五岁的孩子!"

"那她还是个瘦瘦弱弱的女人!"

就这样,两人就"该不该带陌生人回家"的第一回合争论就此结束,双方不欢而散。

另一头,装修华丽的起居室里,香薰蜡烛在玻璃盏里冒着袅袅轻烟，舒缓的音乐弥漫在这个安静的空间里。

蓝天河穿着睡袍，靠在柔软的单人沙发上，手里拿着红酒杯，一晃一晃地醒着杯中的酒。

他心不在焉，静静地注视着窗外静谧的雨夜。

小方桌上的手机里发出拙笨的声音，将他的思绪从遥远的虚空中拉回来。

蓝天河放下酒杯，点开手机短信。

这一瞥，打碎了他脸上的平静。

他的眼神变得凌厉阴鸷。

他紧咬着牙，攥紧拳头，竭力克制怒火，但还是忍不住脾气一脚踹翻了小方桌。酒瓶丁零当啷碎了一地，红酒把地上白色长毛毯染红。

洗手间里的林玉阮听到动静，胡乱地围了一条浴巾就出来，看到室内凌乱的东西，不禁问蓝天河："怎么了，又是谁惹你生气了？"

蓝天河蓦地回头，眼睛里的愤怒把林玉阮逼退了一步。

他站起身，一步一步逼近林玉阮，直到她后背抵着墙壁，退无可退。

她的头发被蓝天河拽住狠狠地往下拉，这个动作迫使她仰起头正面他的怒火。

"你说过你会办好，可是现在呢？苏荷清要是出来透露半点儿消息，我们就得全部完蛋！"

/第五章/
请问你是什么人间喇叭精？
单身狗不要随随便便提到别人的私生活，我怕你羡慕死。

客厅里柔和的灯光似流水，充满整个房间，凉风从留着缝的窗口吹进来，撩动垂地的淡黄色纱帘。

房间角落，唐久久左手在彦希柔软的头发丝中胡乱揉搓，右手举着电吹风不近不远地对着他的小脑袋瓜。噪声轰鸣，压住了窗外雨滴落在玻璃上的淅淅沥沥。

洗手间的门被打开，唐久久余光瞥见，抬起头。

女人穿着唐久久给的运动套装从氤氲水汽中走出来。

她很适合穿白色，眉眼生得极为好看，粉黛乌眸，唇红齿白，湿漉漉的长发凌乱地披散下来，发梢还滴着水。

唐久久冲她招手，示意她走过来。

女人站在原地，怯生生的，踟蹰在洗手间门口没过去。

唐久久索性关掉吹风机，再次招呼她："你过来呀，我给你吹头发。"

原本还在享受吹头待遇的彦希扭头，瞪着她："你不是在给我吹吗？我的头发还没干！"

唐久久眼珠一转："哎呀，吹得全干伤发质，吹得差不多就好了。最后这点自然风干，省电又环保，健康又养生。"

她轻轻把充满不满情绪的五岁小朋友推到一边，让缓缓过来的苏荷清坐在沙发上，继续打开吹风机帮苏荷清吹头发。

长得漂亮的人，发质也很好，皮肤也很好，没有哪处是不好看的。

唐久久借着位置的近便，细细地观察，默默地当一个沉迷美色的"舔狗"。

她一定正在经历难处，不知道为什么一个人出现在雨夜里，为什么又害怕报警。

唐久久放柔手上的动作，轻轻地拂过她的发丝。

彦希坐在另一边的沙发上，双手环胸不爽地看着唐久久。

啊，女人。

吹干头发，唐久久挽着女人的手臂，领着她进了卧室。

"你叫什么名字？"唐久久帮对方掖好被角，看对方还睁着眼睛盯着自己，便问道。

女人没回答，还是专注地看着唐久久带笑的面庞。

"不告诉我吗？也没事。"唐久久歪了歪头，"我叫唐久久。你可以叫我久久。虽然不知道你发生了什么，但是你可以先住在这里，要是你想联系你的家人，我可以帮你联系。"

女人看着唐久久，然后闭眼，一副"我要睡了"的样子。

这是累了吗？

唐久久说："那你先休息吧，我帮你关灯。"

对方再次睁开眼看向她，然后又闭眼准备睡觉。

不知道是不是自己开了滤镜，唐久久觉得这个样子的她特别可爱。同样是捡回来的，对比彦希，她已经是个很乖很听话的小天使了。

唐久久这么背后腹诽彦希，一点愧疚感都没有。

她从卧室里出来，不期然对上彦希的愤然怒视。

"怎么了？"唐久久一脸无辜。

彦希极其不满，再次重申他们现在的关系："唐久久，你是我的贴身助理。"

"是啊，我知道。"

"但你对你的老板很不好，比不上你捡回来的一个陌生人。"

彦希非常想念助理界顶梁柱齐钰，他明天要是可以顺利变回来，一定要让齐钰开班授课给唐久久一对一培训。

"怎么可能！"唐久久否认得很果断，"我对她只是基于女人何苦为难女人这一点。我们同为女性，当然要互相帮助互相抱团。"

彦希抬高下巴："那对我呢？"

请问你是吃醋精吗朋友？

唐久久眨眨眼，说："我励志成为一个优秀员工，全心全意为您服务。"

"假大空。"

拍马屁不成功的唐久久选择闭嘴。

"为什么不说话了？"他换了个坐姿，人往后仰，靠着沙发，视线微微上移，正好对上墙壁上那张自己的海报，"说起来我都快忘记你是我粉丝了。哪有粉丝像你这么对我的？"

所以我选择做你的黑粉啊！唐久久在心里为自己辩驳，但面上还是和善地回答："那行。以后要是有什么好事，第一个我就想着你。"

彦希这才满意地点头。

可是，谁又能想到，唐久久口中的好事来得这么快呢？

这些天她不在家，但显然洛昭闻来过。工作间有还没拆封的样衣和一些以前没有的布料。

结束和彦希的友好协商，唐久久把工作间彻底整理了一遍，最后拆开了样衣包裹。

这一波新款童装是初秋款，颜色活泼跳跃，款式灵活多变，当初唐久久画设计稿的时候只有一个概念——让小朋友穿上就是整条街上最靓的崽。

她摸了摸衣服的质感，很满意，就是不知道上身效果怎么样。

于是她拿了一件牛油果绿色的卫衣跟一条米白色九分牛仔裤出去找彦希。

彦希双手托腮，依旧坐在之前的那个位置没有挪窝。

唐久久坐到他身边，故意把衣服摊在自己的大腿上，动作幅度很大，让神游到不知道哪里去了的彦希都回头看向她。

"老板，我这里有一件好事想着你了。"

彦希看了看童装，不留痕迹地往旁边挪了些位置："我不需要。"

唐久久大义凛然："不。我要时时刻刻以我善良大方心软温柔的老板为中心。有好事想到你，有好衣服更是要想到你。"

彦希：我可真是谢谢你。

他跳下沙发，企图远离唐久久。

"我的衣服多得很，不需要了。"

"你需要。"唐久久说出了她的打算，"你来试试这套衣服，我还可以给你拍照。你看，你的职业生涯拓宽了方向，从童模开始。"

这女人是在发什么疯？

彦希一步步后退，转身就躲。

但他现在小胳膊小腿儿的，还没逃开多远，就被唐久久逮住衣服领子拉了回去。

"只是试个衣服而已！"

彦希弯腰原地转了个圈，从唐久久的手肘弯里转了出来，继续躲，边躲边说："这衣服不符合我的审美，也不符合我的身价。"

"这是我做的高级私人定制版，格调够高了。"唐久久又扑过去逮人。

一跑一追，最后彦希因为人小体力不支，汗涔涔地趴在沙发上，还垂死挣扎，缩在一起不愿意成为唐久久的人体模特。

唐久久也跑得喘不过气，她端起杯子灌了几口水，埋怨似的说："你小时候都没现在这么难搞！是不是变小了，还让你更幼稚了?"

她没发现这句话里有什么不对,彦希却注意到了。

"你怎么知道我小时候难不难搞?"

屋子里霎时安静得有些诡异。

唐久久表情凝滞:"我说了吗?"她大脑迅速转动,"我可能一时嘴快说错了吧。本来我想说,你小时候一定和现在一样难搞吧。"

"是吗?"彦希逼近,盯着她的眼睛,看她目光游移闪躲也不揭穿。

唐久久呵呵呵地笑着装傻,试图转移话题:"这是你第二次变成小孩儿,怎么样,有发现变小的原因吗?"

看着唐久久僵硬的微笑,彦希不想再为难她,也就顺着这个话题说下去:"上次体检报告说我体内有种不知名的放射性元素,且数值过高,这个可能是根本原因。至于变成小孩儿的契机,我也不是很确定。"

"这么科幻的啊。那为什么又会变回来?同样一个人,变大变小,难道皮肤、骨骼都没有变化的吗?"

"按照上一次的经验,要是没意外的话,明天可以变回来的吧。之前去体检也没发现什么异常,应该没影响。"

唐久久记起了遥远中学时候上过的内容："这是不是一点都不符合质量守恒定理？"

为什么话题跨越度可以这么广？

彦希愣了一秒，问："你这是不是在向我炫耀你的物理知识？"

曾经的"物理学渣"唐久久挺起胸膛："毕竟我以前当过物理课代表。"

全然忘记那是因为老师想要提高她对物理的热情，才让她当课代表的。

唐久久继续显摆："我还记得牛顿三大定律，还记得热胀冷缩……"她忽然坐直身体，"你说，冷胀冷缩这个原理会不会在你这边可以试用一下？"

唐久久是个想到就要做的人。

她没说什么废话，就起身去浴室放热水。这雷厉风行的速度，让彦希想要拉住她都来不及。

打开浴缸的水龙头，唐久久倚着浴室门框跟彦希说："来，我帮你放好热水了。你在热水里泡一泡，看能不能变大。"

彦希扶额："你是不是有点过于天真？泡个热水都能管用的话，那我平时多喝热水是不是就能防止变小了？"

"我就是给你提供一种思路。有时候灯下黑说的就是你这种。"唐久久一本正经地跟彦希讲道理,"你是不是听说过,在野外吃了东西中毒了,解药有时候就在周围能找到。那你想想,你变小了,万一热水就能让你变大,是不是差不多的道理。"

彦希一脸"开眼看世界"的表情,仿佛第一次认识唐久久,从没见过她小嘴叭叭叭,就这么能把道理给掰扯到自己这边的样子。

"我真是信了你的邪。"

唐久久双手一摊:"反正你今天是要洗澡的,干脆就把淋浴改泡澡,进去试一试。不是还有句话嘛,死马当活马医。万一你明天不能如期变回来……"

"我谢谢你的乌鸦嘴,求你别说话了。"彦希都想要捂住自己的小心脏了。

好吧,唐久久乖巧地闭嘴了。

不管怎么说,唐久久有一句话说得还算有道理。

反正都要洗澡,进去泡一泡也没什么问题。

彦希点燃心底一小撮不敢被他人察觉的希望,故作矜持地点头答应,然后又装出半推半就的模样磨蹭进了浴室。

"你干吗？"彦希转身问跟着进来的唐久久。

"给你泡澡啊。"

彦希不说话，在这个热气开始蔓延的狭小空间里，静静地注视着心里一点都没数的唐久久。

唐久久没意识到自己不适合出现在这里，还在积极地推销自己："你不需要帮忙吗？万一变回来了，不需要有人陪你一起见证这个奇迹的时刻吗？"

"男女授受不亲，你觉得呢？"彦希扶着浴室的玻璃门。

唐久久失望："好吧。那我在外边等你。"

锁上门，脱掉自己身上的衣服，入水的那一秒，彦希忍不住对外面大喊："唐久久，你放的水为什么水温那么高！"

"我怕要是不够热就达不到效果。"

彦希把水龙头扭到冷水的方向，哼道："那也不用这样烫死人的温度。"

他怀疑唐久久想要搞谋杀，并已经找到了证据。

等水温在正常偏高的程度，彦希将自己整个人都浸入水里。

皮肤快速地变红，彦希除了烫，烫得还挺舒服的感受之外，再也没有其他。

过了很久，久到等在外面的唐久久都快要睡觉。

她忍不住出声提醒："泡澡不能泡太久，要是不行的话，你就出来吧。我们再想想其他办法。"

浴室里没有动静。

唐久久挠挠头，莫名地感到有些抱歉，原本他不是没对自己这个想法认真的吗？为什么突然变得这么较真起来？

十多分钟后，门"咔嗒"一声被打开。

彦希被泡得粉粉嫩嫩，但脸上气鼓鼓的。

要不是他正在生气，被这个样子萌到心肝乱颤的唐久久就要上手去戳一戳了。

他没发现唐久久的图谋不轨，带着怒气的脚步噔噔噔地踩着地板，坐在沙发上捧着小脸蛋发闷火。

已经是晚上十一点半，唐久久揉了揉已经快要睁不开的眼睛，看着毫无睡意的彦希，不禁头疼。

"现在很晚了。要不你先去睡觉，我们明天再研究？"

"不。我得再想想。"

"大哥，我错了。我不该开这个头儿。"唐久久苦口婆心地劝，"你还是早点去睡吧，万一八小时的睡眠时间是你变回大人的必要条件呢？"

彦希皱眉:"怎么什么道理都被你说了?"

唐久久说:"因为我敢于猜测敢于怀疑啊。"她摆摆手,就势躺在长沙发上,扯过椅背上的小毯子盖在身上,"算了,我不管你了,我反正很困了。"说完,翻了个身,朝里面躲避了屋内的灯光。

满室寂静,窗外树影婆娑,彦希就这么一动也不动地独坐到雨停的时候。

他轻轻地跳下沙发,开了客厅的空调后,才脚步轻轻地走去工作间睡觉。

半夜,冷月当空,苏荷清蓦地在黑暗中睁开了眼睛。

她大口大口地呼吸着,额间沁着冷汗,她浑身发抖,噩梦里的画面挥之不去。

忽然,她惊恐地环视四周,陌生的房间让她下意识地蜷缩在一起,没有一丝安全感可言。

她紧紧裹着被子,想要汲取一点温暖。

半晌后,苏荷清恢复平静,她探出头,重新审视这个房间,睡前的记忆慢慢复苏。

她记起来,是被一个笑得很甜很暖的女孩子领回了家。

想到这里,苏荷清把头从被子里探出来。

确认周围是安全的,她掀开被子下床走出房间。

外面的路灯分出了一些光线照进来,让客厅不至于暗得让人看不见。

苏荷清凭借着这一点光亮,光着脚在地板上走动。她走到沙发边,看到横躺在长沙发上睡着的唐久久。

她站在一旁,呆呆地凝视着唐久久。

印象中,那双笑起来就变成弯月的眼睛,有梨窝若隐若现的娃娃脸,此时跟唐久久恬静的睡颜重合。

苏荷清嘴角浮起一丝带有温度的笑容,让她整个人立即显得生动起来。

她移开视线,借着微光打量起这个房间。

倏地,她呼吸一滞,目光被几张照片牢牢地吸引住。

那是唐久久跟朋友在一起时拍的拍立得照片,多数是跟颜菲和于雪曼的合照,还有几张是洛昭闻也在里面的大合影。

苏荷清越走越近,站在柜子前,手指慢慢地摸上了照片里洛昭闻的脸。

视线模糊,眼泪顺着脸颊淌下。她开口想喊出那个想了无数个日夜的名字，但哽咽的喉咙让她无法发出声音。

你还记不记得我？

洛昭闻。

第二天早上，小区里人声渐渐嘈杂，太阳已经高高悬挂在苍穹中，阳光照进房间里，刺得彦希眉头紧皱。

他艰难地将眼睛睁开一条缝，昨晚忘记拉窗帘了，随即又暴躁地转身，背对着窗户继续睡觉。

但他的腿无法伸直，只能被迫屈膝，脚掌抵着椅背，整个人缩在沙发床上的姿势让他不是很舒服。

等等！

他睁开眼，眼神全然不是刚睡醒时的迷茫。

他猛然坐起身，将双手举起来。

面前的手再不是昨天那样肉乎乎的，精瘦的手臂线条饱含力量，青筋顺着皮肤纹理隐隐突起。

他又变回来了。

换上上次那套红色应援服，彦希看着胸前的印花，依旧不自在地扯了扯衣服，才打开门出去找唐久久。

客厅里，空调嗡嗡地运行着，沙发上的人影丝毫不受影响，睡得正酣。

彦希摇了摇头，没有去打扰，转身换了个方向，朝后面的厨房走去。

已经一周多没有住人，冰箱里没有什么新鲜的食材可以拿来做早餐。彦希不客气地搜寻了橱柜里所有的东西，最后热了两杯牛奶，往里面倒进水果麦片。

把这么让人心酸的早餐放在茶几上后，彦希把唐久久叫醒。

"还不起床吗，唐久久？"彦希的早起 call 特别接地气，"太阳都晒屁股了，你再睡下去就要第二天了。"

唐久久把小毯子拉上来，盖住自己的耳朵，抵挡这魔音。

彦希一边吃着自己的早餐，一边叭叭叭说个不停："唐久久，我都怀疑你是我助理还是我是你助理了。我给你做了早餐，端到你手边，喊你起床你还不起来。唐久久，再不起来这个月要扣工资了。"

唐久久变换了好几个睡姿，挣扎了很久，最后还是被吵得受不了了。

她坐起来，头发凌乱地披散着，语气哀怨："请问你是什么人间喇叭精？"声音沙哑，脸上泛起不自然的潮红。

根本没给彦希翻脸的机会，下一秒，她吸了吸鼻子，脸上挂着喜出望外的笑容："哇！恭喜你啊！变回来了！"

彦希冷着脸，停住进餐的动作："即使你是一个感冒的病人，但你刚才说我是人间喇叭精的仇我记下了。还有，是的，如你所见，我变回来了。"

"真是替你开心！看来你这是时间一到就会恢复。"唐久久装作没听见他的前半句，努力把话题岔开，岔得越远越好。

她环顾房间一圈，在确认没有第三个人之后，问彦希："昨晚领回家的那位漂亮小姐姐呢？"

彦希将垫在唐久久那碗牛奶麦片底下的白纸抽出来，给她看，声音平淡道："早上我起床出来，就看到这张字条放在茶几上了。"

唐久久低头看字条的内容。

字条上是很简单的几个字：

谢谢你，我走了。

"字写得还挺好看的。"唐久久抽了张纸巾擤鼻涕，"都说字如其人，我是不是该去练练字？"

她抬头准备等彦希的回应，没想到迎面过来一只手，贴在她的额头上。

凉凉的,仿佛炎热火山被浇灌了一盆冰水,一路从额间蔓延到四肢百骸。

"你温度有些高,应该是发烧了。"彦希收回手,"你家有退烧药吗?"

"大概没有。有也是过期的。"

她不在意地晃了晃脑袋,俯身端起放在茶几上的牛奶麦片。

一时间,场面安静下来,彦希两三下把早餐吃完,拿着空碗进了厨房。

唐久久的余光一直紧随着他,直到他进了厨房,看他从冰箱里拿出什么东西,背对着她洗洗切切。

厨房朝北,上午时阳光照不到,整个房间光线比较暗,只有中间开的一扇窗户可以透进光亮。而此时彦希就站在窗前,连带着他也成了这幅画面的焦点。

把手里的碗放下,唐久久拿起桌上的手机,对着他的背影拍了一张。

画面定格在手机里,像是一张调低了曝光度加上暗角效果的文艺照片。

唐久久满意地将照片保存下来，喜滋滋地继续吃早餐。

差不多快见底的时候，彦希又端了一个碗出来，还没怎么靠近，她就闻到一股浓浓的姜味。

"你煮了姜茶吗？"她皱着鼻子。

彦希点头。

"味道好浓啊。这是放了多少姜？"

"把你冰箱里的姜都放进去了，也没有多少。"彦希走到她面前，直接把碗递给她，"喝了吧。"

她诧异地抬眸："给我的？"

"只有你生病，当然是给你的。"

"哇！谢谢老板，老板你真是体恤下属的神仙老板。"唐久久习惯性地吹起"彩虹屁"，上手接过他手里的碗，不设防地喝了一大口。

齁咸齁咸的味道弥漫在口腔里，但她已经来不及吐出来，姜茶顺着喉咙直接下肚。

她苦着脸，张着嘴巴，快速地冲进厨房，倒了一大杯凉水往自己嘴里灌。

彦希慢悠悠地跟着进厨房，还以为她是被辣到了："怎么，姜放得太多了？"

听见他的声音，唐久久浑身充满怒气。她恶狠狠地回过头："不是姜放多了，是你把盐放进去了！"

彦希拿起灶台旁的一个罐子："这是盐？不是糖吗？"

唐久久看看盐罐子，又看看一脸茫然的彦希，一时分不清他是故意的还是真的分不清，只能含恨点头："对，里面是盐。你以前没下过厨房？"

"刚才的早餐不是我做的？"彦希大言不惭，"是你这里的盐跟糖长得太像了。"

"那早餐只需要热一热就好了，根本不需要厨艺。"唐久久破案了，"我知道了，你根本就分不清盐跟糖。"

喝盐水的伤害已经造成，唐久久捂着胸口一脸柔弱地打算为自己争取福利。

"也不知道这一口浓盐水会对我这个发烧病人造成多大的伤害。我记得以前听说过盐水渗透原理，要是我身体里的细胞受不了这个渗透，被压死了可怎么办？"

她为自己的身体健康忧愁。

彦希笑得纯良："要不，给你放一天的假怎么样？"

"真的吗？"唐久久就差没泪眼婆娑。

"你今天好好休息。有事我会找齐钰的。"

他早上刚变回来，今天应该不会再变成小孩儿。再说，也要找齐钰陪他再去医院看看。

"彦希你真是个大好人！喜欢你这样优质偶像的希望姐姐们眼光真好！"

于是，唐久久给他表演了一个原地复活，坐回沙发上看近期的综艺。

彦希摇摇头，从唐久久昨天背的包里拿出自己的手机。

一开机，就有无数消息进来。

手机振动个不停，让他的手一阵发麻。屏幕上显示的未接来电大多是时小葵跟齐钰打来的。

彦希随手给齐钰回拨了过去。

"彦希！"电话那边齐钰的声音陡然拔高，惊喜万分，"你总算给我回电话了！有事先走就有事先走，下次带我一起好吗？没有在你身边，我被小葵姐骂得狗血淋头！"

彦希轻笑："哦，下次再说。"

"别别别，不要有下次了，我的小心脏承受不了更多的伤害。"

彦希说正事:"你来唐久久这里,带上我的衣服,再帮我买点儿感冒药。"

"你生病了?"

"久久感冒了。"

齐钰心情复杂:"是不是因为唐久久生病了,你才想到我,可以给你们送药的我?"

彦希语塞,从某一方面来说,是这样子没错。

但彦希语重心长地安慰:"小齐哥,你想想我给你开的三份工资,再想想大家亲切地喊你'齐砖砖',你的信心是不是又回来了?"

不得不说,被彦希本人肯定了自己贡献的齐钰,又满血了。

重拾信心的齐钰不仅买了感冒药,还怕他们错过早餐,贴心地带来了海鲜粥跟水果。

看见穿着家居服的两人,他把东西放下,紧张兮兮地问彦希:"你感冒了吗?"

彦希黑人问号脸:"我不是说过吗,久久感冒了。"

齐钰猥琐地说:"我不是怕你们在家披头散发三百回合,你被传染了嘛。"

打开盖子准备喝粥的唐久久僵在原地,他们混娱乐圈的脑补能力这么丰富？这说的是什么虎狼之词？

为了自己纯洁的名声，唐久久觉得有必要解释一番。

她清了清嗓子，把对面两人的注意力拉过来，很严肃地准备开口。但她的话还没说出口，彦希就眼疾手快地坐到她身边，把她的嘴给捂住了。

被禁锢在他怀里动弹不得的唐久久就听见"彦逻辑鬼才"说："单身狗不要随随便便提到别人的私人生活，我怕你羡慕死。"

唐久久心里苦，但她没法说。

因为彦希把说话同样耿直的、想扔炸弹的齐钰带出去了。

从后视镜里看到，彦希躺在被放平的车座上，看向窗外，一言不发，如同一座雕刻精美的雕像。

车里的沉默让齐钰有些不习惯，又或者是，他感觉此刻的彦希与他已陪伴六年之久的彦希不太一样。他想了想，出声打破这个凝固的气氛。

"你最近经常跟唐久久单独行动，还是要注意一下狗仔。"

彦希心想，跟唐久久在一起，他一般都是小孩子模样，狗仔就算是当面经过也不能发现自己。

但他还是应了一声"嗯"。

齐钰又问:"你怎么又要去医院检查身体?"

彦希给出的理由特别恰当:"年纪大了,怕死。"

这种一听就觉得是胡诌的,但就是不能说它哪里错了的理由真的很强大。

齐钰自顾自接着关心:"你要是身体真的有哪里不舒服,别瞒着我。"

彦希换了个姿势,侧着身瞟向开车的齐钰。

当初被公司雪藏之后,他就回学校继续读书,刚好在跟公司的合约到期的时候毕业。不知道能干什么,想着科班出身的他除了演戏似乎也没别的事情可做,于是就留在了圈子里。

当时,齐钰是他的合租室友,也是某个十八线小艺人的助理。偶尔齐钰探听到哪个剧组招人,就会把消息告诉他。

再然后,他开始一步一步往上走,问齐钰要不要来他身边。齐钰跟着的小艺人虽然咖位不小,脾气却不小,于是就欣然答应了。

彦希信任齐钰,这毋庸置疑。

这件事不想告诉齐钰,只是因为不想让他平白担心罢了。

彦希笑了笑:"没有不舒服,你放心。"

齐钰瞄了眼后视镜,语气也变得轻松:"我是怕你有什么难言之隐。你说说最近三天两头往医院跑，关键这个时机还挺微妙的，总是在跟你女朋友在一起过夜之后。"他越说越开心，也越大胆，"幸福生活是很重要，但还是要节制一些。来日方长嘛。"

彦希肆无忌惮地翻了个白眼："我觉得这段话你可以留着等一下跟连芳说。"

"嗯？为什么？"

"连芳也跟你一样很关心我的私生活。"

一个让他别压抑，一个让他要克制，正好两个人可以开个辩论会。

齐钰耸耸肩，目视前方。

说到连芳，他又有了话题。

"连姐一直挺关心你，上次还问我你最近有没有回忆起你小时候的事情。"

彦希揉了揉太阳穴："总觉得应该可以记起点儿东西，但偶尔有画面在脑子里闪现，却是很模糊的样子，看不太清。"

说来也很奇怪，自从他母亲去世之后，他突然就忘记了九岁之前的事情。

医生说可能是那段记忆对他有刺激，应该是与他母亲有关，可能是想忘掉小时候对他母亲不好的印象，所以就自我封闭起来了。

总之，人类的大脑一直没被研究明白，发生多神奇的事情也都能理解。

彦希闭上眼睛，整个人放空，幽幽地发出长叹："可我有一种感觉，我的童年有牛奶糖的味道。所以我觉得，我小时候其实偶尔也是快乐的。"

彦希跟齐钰出门后，屋子里恢复安静。

唐久久脑袋上贴着退烧贴，抱着抱枕，趴在沙发上登录了微博。

"喂你吃颗糖"这个微博好几天没有更新，收到的评论都是问她干什么去了，批评她当个黑粉都不敬业。

唐久久满脸都是"地铁，老人，看手机"的表情。

彦希家的希望姐姐是怎么回事？跟彦希现在已经开始相爱相杀了吗？

她顺从民意把压箱底的很多张彦希丑照给发出去。

其实也不是彦希的"锅"，是媒体因为拍摄角度的问题，不是把他拍成小短腿，就是让人觉得他缺胳膊少腿或者是连体儿的各种错位图。

拜现在微博可以发十八张图所赐，唐久久清空了黑照库存，一次性大放送。

希望姐姐们闻风而动，一刷新的工夫就已经留言上百条。

唐久久没时间一一去看评论，微博一声提示音，提醒她有新的私信查收。

她忽地想起上次在发布会上遇到的玲玲响叮当。

要不说有些人不经念，发私信的人还真的就是她。

玲玲响叮当：糖，我有被这些图笑到！完全没想到我们哥哥居然也有这种错位图！

喂你吃颗糖：都在圈子里混，哪能被区别对待！

玲玲响叮当：是，哥哥不管在哪里，都不能认输！但是在媒体照妖镜般的镜头下，我哥哥的颜还是没得黑。

这倒也是，大长腿能被缩短，但彦希的脸还是扛住了死亡拍摄角度。

玲玲响叮当：糖，你这么优秀，以后多多更新啊！我们都在等你给我们送精神食粮。

喂你吃颗糖：姐妹儿，请你牢记我是个黑粉的立场。

玲玲响叮当：谢谢你提醒。我下次还敢忘。

喂你吃颗糖：溜了溜了，我三次元有很多事。

不是唐久久找借口得溜了，是三次元真的有事。

她约好下午跟颜菲还有于雪曼出去好好聚会。

唐久久有个毛病，就是超级会预支未来的收入。

在知道这个月有四万块钱板上钉钉的工资后，她已经安排好这笔钱如何使用了。虽然离拿到钱还有两周的时间。

不过，还是得请好朋友们出去吃一顿，弥补上次未兑现的生日聚会。

下午，沅城市区的一家甜品店里。

"久久，你现在不愧是顶流的女人，吃甜品都要来这里了。"颜菲将一块熔岩蛋糕送进嘴里，打趣唐久久，"这种用自家野男人的钱来养自家好姐妹儿的行为，请保持下去。"

这家甜品店的材料都是从国外空运过来，甜品的美味程度与价格成正比，一口就是一两百块钱的价格。平时她们偶尔才会来这里买一块小蛋糕回去犒劳自己。

但现在，唐久久像个暴发户，按人头点了三个四寸小蛋糕，还有其他小甜品。

于雪曼这个每月拿着微薄工资的人民教师心都在颤抖,这一桌抵她一个月的工资了。

唐久久挖了一勺草莓芝士蛋糕:"别误会,我只是一个薅资本家羊毛的社会主义劳动人民而已,花的都是我自己的血汗钱。"

于雪曼不懂:"什么意思?"

唐久久说:"我是他助理,他给我发工资。我们的关系就是如此现实。再说,我这不是为了弥补上次大家给我过生日的心意嘛。"

颜菲跟于雪曼对视一眼,不得不说,这一对儿还挺有办法,恋爱、事业两不误。

嘬了一口自己选的布蕾可可,颜菲扫了一圈周围的环境,发现适合讨论敏感问题,就压低声音问:"你跟大明星的同居生活,还好吗?"

"嗯,怎么说呢?"

于雪曼也八卦起来:"大胆说,不要有顾忌!"

唐久久思考了一下措辞:"就是我体会到了当妈妈的快乐。"

其他两位被弄蒙了。

颜菲说:"朋友,你搞搞清楚,你是在谈恋爱。"

唐久久又迟疑了一下:"那就当是,他有些幼稚,我觉得偶尔像是在养孩子吧。"

♥

/ 第六章 /
人间机智彦小希，逻辑鬼才彦小希
他总是能让别人不知不觉地喜欢上。

"这个检查结果是什么意思？"唐久久指着 iPad 上的体检结果，秉承着不懂就问的好学精神，"你体内的那个放射性元素含量降低了。所以呢？有什么作用？"

"之前就说我身体里的放射性元素可能是变成小孩儿的前提条件，但现在可能多了一个信息——可能我每变小一次，体内的这种元素含量就会降低，也就是说……"

彦希抬头看向唐久久，心里像是被搬走一块石头般，他缓缓地吐出一口浊气："按照每次变成小孩儿这种元素降低的数值和如今我体内含有这种元素的数值，大概我还会变成小孩儿一两次，等体内的这种元素被消耗得差不多，那我就再也不用担心这方面的问题了。"

那天之后，彦希跟唐久久又回到了御龙郡，恢复了宅家的生活。

此时，他们面对面，坐在茶几两侧，歪着头，一起分析彦希上次去医院做的第二次检查。这一次只是检测了体内稀有元素的含量。

唐久久放下心："总算找到一些头绪了。你也可以稍微放下点儿心。"

彦希点头："是啊，只要能让我看到尽头，就能真正安心来接受这样子的奇遇。"想到什么，他挑高眉，"可惜不知道到底是什么让我身体内的这种元素超标。"

"别想那么多了。要是纠结这些东西，那你真的是要改行去钻研生物学知识了，还不如专注当下。"唐久久把沙发上的剧本搬上来，放在彦希面前，"比如，你看小葵姐给你寄来的剧本，我呢，就去画一下我的设计草稿。"

虽然彦希已是顶流，但明星都是要靠曝光率来维持话题跟热度。这个月，彦希能够给自己放假宅在家里，其实也是因为他出演的一部电视剧正在热播，网上对剧中情节以及主创团队们讨论得比较多，更别说是引流大户彦希了。除此之外，他接下去还有一部电影已经定档，片方早就已经开始放预告片、拍摄花絮等资料，所以时小葵也就敢帮他调整行程，凑出这段来之不易的空闲时间。

但，按时小葵的说法，空闲不代表什么事情都不做。她从邮箱里挑出来三个剧本，让彦希看完早点儿回复她，也好早点儿给对方答案，不好耽误人家太多时间。

彦希靠着沙发，拿起第一个剧本来看。没看几行，余光就见唐久久拿着手机对他拍了一张照片。他问："这是要做什么？"

唐久久一边将照片发给齐钰，一边回答："给小齐哥报备一下，我已经完成监督你看剧本的任务了。顺便拍你的照片发给小齐哥，让他有素材可以登录你的微博帮你营业。"

彦希好奇："你跟他什么时候关系变得这么好了？"

"他是你的助理，我也是你的助理。同为助理，我们之间有种惺惺相惜的感觉吧。"

"你又开始胡扯了。"彦希肯定地说。

唐久久无所谓："爱信不信，反正理由就是这样。"

她想起前几天，齐钰过来套近乎，跟她吐槽彦希有多难搞，问她有没有同感。然后让她——彦希女友，名义上的助理，可怜一下他，帮他一些小忙。

齐钰在微信上收到照片，立马发来感谢，但下一秒，差点让唐久久心脏骤停。

齐钰："感谢你！但是，你发给我的这张照片，感觉风格好熟悉啊。"

隔了几分钟。

齐钰："我发微博了。底下有粉丝说，这个照片跟微博博主'喂你吃颗糖'拍的照片风格好像。"

唐久久习惯用斜角框架，再加上，大概是以前修图成习惯了，给齐钰发去照片之前，她顺手在手机修图软件里面加了滤镜调了曝光度。

她大脑疯狂转动，还是企图捂住自己的马甲。

唐久久："这都能看出来吗？没错啊，我是仿照那个博主拍的来修图。"

你看，她狠起来，能说自己在仿照自己。

打消齐钰的疑惑，唐久久意识到自己已经无事可做。

只要彦希不变成小孩儿，那她这个助理也就没什么用了。所以，她干脆也拿出手绘板来画童装设计图。她还发短信给洛昭闻，让他帮忙送一台家用缝纫机过来，顺便带一些新到的布料。

洛昭闻关心:"你还住在你男朋友那里?"

看到"男朋友"三个字,唐久久心虚了一会儿,发过去一个肯定的表情。

洛昭闻:"你还准备设计童装?"

唐久久:"当然啊。这是我的本职工作。"

洛昭闻的消息回得非常快:"对,女孩子要有自己的事业。即便再喜欢也不要失去自我。"

唐久久轻笑:"你说的道理都对,但是洛昭闻,你说起这个话题就感觉好老派。年纪不大心就已经沧桑了,这样可不好,你是没办法跟我这个年轻的美少女混的。"

看完第一个剧本的彦希眺望窗外缓解用眼的疲劳,打眼看到唐久久笑意盈盈地在发微信。

彦希问:"你在跟谁聊天,这么开心?"

唐久久不在意地抬了下眼皮,接着低头回复微信:"我让洛昭闻帮我送点儿东西过来。结果他在跟我灌鸡汤,语气还挺好玩的。"

彦希点头,一言不发地继续埋头看剧本,但过了好久,他依旧停留在那一页上,完全没有翻动过。

半响,他放下剧本,重新对唐久久读了一遍协议规定,念完还说:"唐久久,别人眼中我们一直在交往,那协议时间内你不能交别的男朋友的,想谈也得给我忍着。"

唐久久放下手机,很认真地看着他:"你别怀疑我的契约精神。"她翻了个白眼,"洛昭闻跟我只是朋友关系。他心里一直记挂他的未婚妻。"

"未婚妻?"

"是啊,人家跟你差不多的年纪都已经有未婚妻了,而你呢?"话虽然没说尽,但鄙视意味甚浓。

彦希的心落到原处,没在意唐久久这种不痛不痒的暗讽:"那他未婚妻现在在哪里?"

"不知道。"唐久久收敛笑意,"好像是失踪了,不知道在哪儿,洛昭闻虽然嘴上不承认,但他一直在找,只是没找到而已。"

"你有他未婚妻的照片吗?要是沅城本地人的话,或许我可以帮忙打听一下。"

唐久久摇头:"我不认识,也没见过他未婚妻的照片。"

撇开别人的隐私话题不谈,彦希花了三天的时间,从送过来的三个剧本里挑出一个他感兴趣的剧本。

该剧本是由小说改编的,讲述民国背景下的家国情仇,男主角是一个在新旧思想碰撞下选择出国留学、尝试开眼看世界的旧派家庭的大少爷。人物性格前期单纯激进，后期隐忍，且中后期因伪装身份需要，得表现出多种性格特征。

总之，这个角色对演员来说是个很大的挑战，不过同样也有很大的发挥空间。

而且，这部剧的导演拍正剧出身，质量能过关。

这样精彩的剧情加上可靠的导演与制作，这部剧应该能大火。

彦希当即就打电话给时小葵，让她帮忙联系导演。

第二天，彦希被约在一家私房菜馆跟导演、制片人见面。

他们一起讨论了男主角的经历以及性格变化，还有男主角与其他角色之间的关系。

比如这部剧里，男主角与曾是他高中同学的男二有很多对手戏。年轻时是肝胆相照拥有共同理想的同学，等大家各自发展时，又是相互交锋你死我亡的场面了。

一番交谈下来，大家都对彼此很满意。导演难得地问彦希，有没有适合男二的演员人选推荐。

彦希想了想，遗憾地摇摇头。

他认识的好演员最近都进组了，没时间接这部剧。

无奈之下，导演邀请彦希周六帮忙试镜男二号。

彦希欣然答应。

到了周六，彦希带着唐久久到达试镜现场的时候，外面已经排着很多来试镜的人。

见到他来了，人群中传来窃窃私语声。

"彦希也来了，看来今天男二的竞争很激烈啊。"

他们收到消息，男主角已经定下来了，今天是试镜剧中其他人物，男二是今天分量最重的角色。

"我听说蓝天河也要来？他们两家又要开始抢资源了。"

"都是经常在热搜上的流量。真羡慕他们，抢的也都是大制作，看看我们？"

一竿子打翻了在场所有人，大家脸上的笑容都变淡了。

见彦希没有领号排在外面，而是径直进了试镜的房间，众人在心里又愤愤地感慨起这个不公平的世界。

话题中心的彦希对这种讨论已经见怪不怪，他神色如常地进了房间，向已经到场的导演、制片人一一问好。

"今天就麻烦小彦了。"路导笑眯眯地说。

前两天,他们双方就已经签了合同。

"您客气,我也就是举手之劳而已。"彦希回答得非常妥帖,"再说,团队里的所有人做得都比我多多了。"

路导还想接着聊下去,李制片却摆手制止:"我听说外面已经排起长队了,我们还是别占用时间,快点儿开始吧。"

其他人不置可否。

外面的人一个一个拿着号码排队进来,有些唐久久不认识,有些觉得脸熟,应该是在电视上看过他们的作品。唐久久坐在角落里,安静地看大家报出提前抽到的试镜片段,而后马上进入角色开始无实物表演。

时不时地,彦希还要起身给他们当一个对戏的工具人。

直到蓝天河开门进来。

看到彦希坐在导演的旁边,唐久久很负责地说,那一瞬间她看到蓝天河的脸色变得很难看。

蓝天河调整了呼吸,握了握拳头,脸上依旧是温和的笑容,跟大家打招呼。

"哦,是蓝天河。"路导认识他,笑眯眯地聊了一两句,"我看过你演的电视,还不错。"

"谢谢您的夸奖。"蓝天河脸上的笑容越发灿烂。

路导冲他示意了一下:"需要小彦来帮你搭戏吗?"

蓝天河顿住,看向彦希。见他莫名有一丝隐藏的倨傲,蓝天河笑容扩大:"好啊,那就麻烦彦哥了。"

彦希仿佛没听见他的话,沉默地站起来,走到他面前。

五分钟后,蓝天河戴着他那副始终不变的笑容面具,从试镜房间里出来。

守在门外的林玉阮见他这副样子,第一时间上去:"怎么样,能拿到这个角色吗?"

他看了周围竖起耳朵关心他们谈话内容的人,把林玉阮拉到一边,背着别人。

这时,他卸下一贯的笑容,眼神冰冷:"暂时还不清楚,就说让我等通知。只是,彦希是这部剧的男一号。"

林玉阮恍然:"原来路导早就看中的人是彦希啊。"她轻哼,"他倒是好运气。"

蓝天河神色复杂:"是啊,有时候觉得他运气好得让人羡慕不来。可是这样,"他喃喃道,"我就更嫉妒他了。"

什么都比他好,所有机会都是唾手可得,不用赔着笑脸不用被灌酒不用应付那些让人恶心的应酬,别人就已经把让人眼红的东西捧到他面前。

凭什么有人就这么幸运呢?

林玉阮问:"那我们还在这里等着,到时候邀请导演他们一起吃饭吗?"

虽然她很想蓝天河拿下这个角色,但她更清楚蓝天河对于彦希一贯以来的羡慕与嫉妒。

她怕在已经得到男一角色的彦希面前,抢一个男二角色的机会,会让蓝天河心里难受。

什么都没有让蓝天河开心这件事情重要。

蓝天河沉吟片刻:"导演他们应该不会应邀。但还是等一下,好歹再多搭几句话。即使这次试镜不行,也可以发展一下人脉。"

试镜进入尾声,彦希莫名有些心慌,心跳越发剧烈,他忽然意识到,这可能又是变成小孩儿的前兆。

想到这里,他附在导演耳边说了些什么,然后起身,跟大家解释:"不好意思打断一下,我突然有点不舒服,先回去了。"

在场的人看到他面色苍白,嘴唇也失去血色,一时之间都非常担心。

唐久久走到彦希身边:"我会照顾我家彦希的,让各位费心了。我们就先行一步了。"

"你们赶紧去吧,不要耽搁。有什么事情发个信息给我们。"李制片说道。

其实男二的试镜部分已经结束,为了给路导跟李制片面子,彦希才一直待在这里,等全部人员面试完毕。

门被彦希猝不及防地打开,门口还在等待试镜的人诧异地望着他。

但彦希是谁,从出道之后大部分时间都是这么被看过来的,他目不斜视,很自然地从试镜人员中间走过。

蓝天河一直跟林玉阮一起站在不起眼的角落,见到彦希出来,就走过来。他表面一派温和:"彦哥,有段时间不见了。什么时候我们俩聚聚?"

声音不小,在场所有人都刚刚好可以听到。

蓝天河已经听到有人在八卦他们之间的关系了。

"我觉得不用见面特别好,因为不想见到你。"

时间紧迫,彦希脚步不停,与蓝天河擦肩而过的时候,感觉对方突然逼近了一点,以至于他肩膀碰到蓝天河的肩膀,而蓝天河像被大力撞开,后退了几步,满脸错愕地看着他。

落后彦希几步的唐久久瞪大眼睛：这就是影帝啊，轻轻松松给彦希挖了一个坑。

彦希来不及跟蓝天河算账，头也不回地离开了。

其他试镜人员看到这一幕，议论纷纷：

"彦希脾气真的大啊。蓝天河除了比他出道晚点儿，其实也没差什么，而且蓝天河的脾气好。"

"我听说那位的脾气一向都这样，连他团队的人都受不了他，所以跟在身边的人很少。"

走得慢的唐久久听了一耳朵，也是服了这些人的神逻辑。

她摇摇头，加快脚步追上前面急匆匆的身影。

来到安全通道口，彦希小心地看了周围的环境，发现没有人才立刻打开门进去。

不一会儿，小跑而来的唐久久也来到这里，回头确保身后没人跟她，她开门溜了进去。

通道内的监控盲区，已经蹲着一个穿着大人衣服的小彦希。

"还好吗？"

彦希摊手："习惯了。"

"今天网上又该有你跟蓝天河的消息了。"

彦希继续重复三个字："习惯了。"

只要在这个圈子里，他的名字好像就是被大家消遣用的。

什么消息劲爆，就把什么消息往他身上套，前一天全网群嘲，后一天可能又是人人都爱你的样子了。所以他不信任粉丝，不喜欢上社交网络，专注演戏，只有作品才是真的。

唐久久轻车熟路地从背着的大包里拿出小孩儿衣服，递给彦希，然后背过身，等他穿好。

为了不引起其他人的怀疑，唐久久牵着彦希从安全通道一路下台阶到地下车库。

车库里常年昏暗，唐久久忘记之前把车停在哪里了，兜兜转转花了不少时间，还是没有找到车。最后被忍无可忍的彦希拿出车钥匙定位，才结束在地下车库徘徊找车的命运。

蓝天河跟林玉阮坐电梯下来，恰巧看到不远处的唐久久。

蓝天河问："那是彦希身边的助理吧？"

林玉阮眯了眯眼睛："好像是。"

"她身边的小孩儿是谁家的？"

"不太清楚。"

蓝天河阴恻恻地看了唐久久一眼。

回到御龙郡,门口放着物业管家送过来的快递。

"这是你的快递。"彦希扫了一眼收件人姓名,提醒唐久久。

唐久久很意外:"哎,怎么寄到这里来了?"她找到寄件人,"哦,是洛昭闻寄的。"

想了一下,她说:"可能是上新了。他那边做出一批新的童装,都会给我看一下成品。上次我让他来给我送了一些布料,所以他这次还是给我寄到这里了。"她看向彦希,"正好,这些衣服可以给你穿。"

彦希表示敬谢:"别以为我不知道你打的什么主意。就今天而已,我用得着这么多衣服吗?"

两人开门进屋,唐久久抱着箱子跟在彦希身后。

"哎,你不觉得变成小孩子模样也蛮好的吗?重温童年。"唐久久胡搅蛮缠,开始说歪理,"要是不看小时候的照片,我都不知道我小时候长什么样。"

"还能什么样?"彦希随口就说,"大概是满口蛀牙掉牙齿的模样吧。"

他无心的一句话,却让唐久久变了脸色:"你怎么知道?"

"什么？"

"我小时候有蛀牙。"

彦希也有些惊奇："这不是看你经常吃奶糖嘛。要你小时候也这么爱吃糖，那肯定长蛀牙。被我猜对了？"

唐久久的童年如果单从味道来分的话，大概是甜一半，咸一半。

小时候她的零花钱大多拿来买奶糖，有记忆开始是一角钱能买到两颗散装奶糖，黄色包装纸上画着一头奶牛。每天一角钱买两颗奶糖，白天她会在幼儿园里吃一颗，剩下的那颗专门挑在晚上睡前含在嘴里。因为有次她含着奶糖睡觉，梦里她吃了一座奶糖山。

于是，在家长们都没发觉的时候，唐久久长蛀牙了，有一颗大牙甚至被蛀成了两半。唐久久每天晚上都会被疼醒，她哇哇大哭，眼泪流到嘴边，咸咸涩涩的。

唐妈妈带她去看牙医，医生一边帮她补牙，一边还在感慨这孩子龋齿也太厉害了。不过他还是好心安慰她现在蛀的是乳牙，还能换一轮。

自那以后，家长都限制唐久久吃糖。

唐久久每天的两颗糖，有一颗要分给她的彦希哥哥。

唐奶奶说这是彦希哥哥在保护她，不再长蛀牙。

后来，她的生活水平突飞猛进，吃的奶糖从散装牌子变成了金丝猴跟大白兔。可是，保护她不长蛀牙的彦希哥哥不见了。

有那么一秒钟，彦希感受到唐久久落在自己身上的视线，有着让人读不懂的感情，像是在寻找，又像是在期待。

但来不及细究，唐久久就换了一个话题："那我也想变回一次小孩子试试。"

她三下五除二拆开快递箱，把里面的衣服一件一件摆出来看。

"小时候的裙子再漂亮，也没有现在的衣服好看。我想让我的小时候也穿一下现在这么漂亮的衣服，还是我自己设计的呢。"她的语气中带着满满的遗憾。

彦希踮起脚，拍不到她的肩膀，就勉为其难地拍了拍她的背："没关系，你以后结婚了努努力，生个长得像你的女儿，再满足你拿你设计的衣服打扮孩子的心。"

这是努努力就能办到的事情吗？唐久久朝天翻了一个大白眼。

"那我还不如指望你。"

闻言，彦希惊愕地看着她，有点接受不了这么直接的表述。

唐久久低头搭配着衣服，说得无比自然："等我结婚再等我生孩子，那得多少年之后啊。现在，我手头就有一个五岁小男孩，只是这个五岁小男孩一点都不配合而已。"

她特地斜眼蔑视他，来表达自己的不满："而且你想想，你现在每次变成小孩儿都可能是人生中的最后一次，难道你不喜欢多尝试一些，多记录一些？"

好的，又变成一个金牌销售员的"安利"口吻了。

彦希不好意思地咳嗽了一下："其实也不是不可以。"

鬼迷心窍般，他点头答应了。

唐久久还是低估了八卦的传播能力。

这不，他们还没有试几套衣服，时小葵的电话就进来了。

还不知道发生了什么事情的彦希接起电话，新晋"rap 吐字机"时小葵就劈头盖脸地占满了所有通话时间。

"彦大哥，你能不能让你已经年过三十每天都要担心头发是不是多掉了一根法令纹是不是又加深了的经纪人安安心心地过几天平和的日子呢？

"好不容易把前几天黑你耍大牌，录综艺录到一半人就消失的通告给公关掉，现在全网又在传你脾气恶劣，倾轧同行，还估计有寻衅滋事。

"公关部的同事们头都快要秃了。"

彦希在接起电话的第一时间,就把手机挪得远远的,以免耳朵遭殃。

让时小葵发泄完,彦希才平静地问:"那不是挺好?现在历练出来了,以后以一顶十不是问题。所以到底发生了什么事?"

时小葵说:"奇怪?你是彦希?你声音怎么变得这么……小孩子。小奶音还挺好听的。"

彦希沉默片刻:"久久在教我玩变声器,可能她给我开了一个童声的声效。"

人间机智彦小希,逻辑鬼才彦小希。

只要彦希脑子转得快,谁都发现不了他到底藏了什么秘密。

唐久久替不在场的希望姐姐们把这顿"彩虹屁"给吹完了。

时小葵没想到一个游戏只玩《扫雷》《贪吃蛇》的老古董还能这么自然地接受新事物,一时语塞。

她咳了咳,说回正题:"你现在在哪里?"

彦希说了一个进可攻退可守的回答:"刚出门。"

"那你还是待在家里不要乱走,我怕狗仔会缠着你。网上有人爆料,说你今天可能是因为试镜不顺利,黑着脸出来。蓝天河来跟你打招呼,你还故意撞他。本来你们俩就是对头,从视频里看,确实是你撞了蓝天河,所以他家粉丝闹起来了,还有水军在里面浑水摸鱼。"

"哦,知道了。"

"就这样?"时小葵讶异,"你难道不给我描述一下事情的真实过程?"

"每次不都是这样的戏码吗?他想尽办法挖坑,水军捕风捉影,大众被带节奏。至于我,中不中招儿不都已经被动地陷进去了吗?"

"行吧,估计是想挑事,让剧组对你印象变差。毕竟也算是主旋律题材,要是制片方那边嫌弃你风评不好,把你踢出去也是有可能的。"

"那就试试。"彦希板着肉嘟嘟的小脸蛋,严肃地说着不符合他外表年龄的话,有种装大人的可爱,"这次还得辛苦你们了。"

这边电话还没挂断,大门就被打开。

齐钰从外面进来:"我的天,有几家媒体一直跟着我。我绕了好久,估计还是没有甩开所有人。"

唐久久举着相机,呆在原地。

她看了看当机立断把电话挂断的彦希,又看向已经走过来的齐钰,一时不知道该摆出什么表情来。

"彦希呢？"齐钰转了个身，看屋内好像没有其他人在，"我听说他今天在试镜会上身体不舒服，就过来看一下。没想到网上现在又有一大波营销号在带节奏。"

唐久久干笑着，眼睛一直斜着观察彦希的举动。

"唐久久，你家男人呢？"

"那个……"

彦希上前一步，仰着小脑袋，奶声奶气地说："我舅舅跟我妈妈出去了。"

齐钰被吓了一跳，他指着小彦希问唐久久："这是谁？"

也不等唐久久回答，他颤着声音又问："你老实告诉我，继你们不声不响谈恋爱之后，是不是又已经不声不响生了这么大的一个孩子！"

他抓了抓头发，脑子里全是以前很早的泡沫剧里破镜重圆的情节——年轻的男女朋友因为某件事情分手，女方绝情离开，到另一个地方重新开始生活，却发现自己已经怀有身孕。对前男友的爱意让她不忍心打掉这个孩子，于是她坚强地独自把孩子生下来，并且抚养长大。

把以上这段每个人耳熟能详的故事代入到彦希跟唐久久身上，

那就是若干年后唐久久带着孩子回来,跟彦希意外遇见,凭着孩子跟他相差无几的长相,彦希一下子认出这是他们的孩子,故事迎来Happy Ending。

再鉴于彦希最近几次突然失踪,说自己有急事先离开,说不定就是为了他们的孩子。

这个逻辑闭环非常完美。

彦希黑线,他叹了一口这个年纪不该承受的长气:"彦希是我舅舅,我妈妈是舅舅的堂姐。"

血缘关系,外甥像舅。

这个身份伪造得非常好。

唐久久已经开始平常心,看彦希怎么合情合理地忽悠人了。

"我妈妈跟我一直住在国外。昨天我妈妈带我回来,然后找我舅舅。我妈妈说,她有事情找我舅舅帮忙,让我乖乖在这里跟姐姐一起玩。"

齐钰狐疑地看向唐久久:"是这样?"

唐久久郑重地点头。

"那他出去进行伪装了吗?你知道他去哪里了吗?他现在出去要是被发现,恐怕要被围起来的。"

"你放心,虽然不知道他具体去了哪里,但好像不是去人多的地方。应该没问题的。"

齐钰虽然还是很担心,但不可否认的是,情绪已经稍稍平复下来了。

齐钰瞄到沙发上堆着的童装,问唐久久:"你们这是在干吗?"

"哄着他玩游戏啊。"唐久久理直气壮,"国外不是有很多时装周吗?小朋友想体验一下那种感觉,所以他cos模特,我cos摄影师,我们在换服装拍照。"

彦希眼含深意地觑着唐久久,哄他玩游戏?

齐钰凑近看相机里已经拍好的照片,称赞道:"这也太可爱了吧!"他坐下来,跟唐久久抱怨,"之前有档节目,要嘉宾小时候的照片。我们这边硬是没有找出一张来,彦希说他没有童年照片。真的太可惜了。要是他小时候就是这样子的,那照片放出去能圈多少粉啊。"

齐钰看向听他说话听得很认真的小朋友,罪恶的手忍不住掐上了小朋友的脸。

"QQ弹弹,原来这就是小朋友的皮肤吗!"齐钰还揉了揉,"爱了爱了,我已经好久没有接触到小朋友了。"

猝不及防受了这样奇耻大辱的彦希恶狠狠地打了齐钰一下,躲得更远了一点,还不忘威胁:"我让我舅舅扣你工资!"

"小朋友家家的,居然还知道扣工资?"说着,齐钰作势又要去逮他。

唐久久不忍心看齐钰在作死的边缘疯狂试探,拦住他:"那今天针对彦希的网上恶评,现在怎么处理?"

齐钰坐下来,一秒变严肃:"路导那边发了微博,说彦希今天脸色不好,因为身体不舒服。其他的,公关部在做数据监控,有什么风头就掐死,不过希望姐姐们现在还在控评。"

唐久久瞥向在远处靠着落地窗的彦希:"希望姐姐真是让人感动啊。"

彦希静静地看着她,这是夸奖别人的时候还要夸一夸自己?她难道就不是希望姐姐?

齐钰点了点头:"别人都说,是因为希望姐姐对彦希有路人好感。"趁着彦希不在,他打开了话匣子,"我跟你说,希望姐姐是真的不容易。彦希因为以前的事情,对粉丝们一向是敬而远之。我常常劝他对粉丝亲切一点,他就说——"

齐钰忽然背靠沙发,做出一副大佬儿的模样,明显是夸张地模仿彦希:"你说粉丝是为什么喜欢我?因为看了我演的电视剧或者电影？那我回馈他们的喜欢，不应该是提升演技、出演好作品、创造出更多让人记忆深刻的角色吗？"

齐钰一秒钟变回自己，看向唐久久："是不是还挺有理有据的？我现在都不知道该怎么反驳。他说，本来他与大家的关系就应该是演员与观众的关系，他们之间的情感只是通过作品跟口碑来维系。而现在粉丝喜欢他，只是因为剧中角色，或者可能是说了某句话，做了某个举动的他，是一个纸片人罢了，更或者粉丝喜欢的是她们自己想象出来的他，可以是任何人，唯独不是彦希他自己。这种喜欢片面又薄弱，他拒绝承受，也是因为他拒绝被这种喜欢捆绑去迎合她们想象中的模样。"

唐久久不由自主地看向站在斜阳下、逆着光看不清表情的彦希。

他理智、世故，却活得明白、坦荡。

他固执地不肯改变自己，不肯欺骗别人。

他总是能让别人不知不觉地喜欢上。

夜晚，热闹了一天的社交平台终于安静下来。

纪玲玲在网上舌战群儒大半天，正用手机跟群里的希望姐姐们惺惺相惜互相鼓励吹捧大家今天的表现然后说拜拜约定明天继续，她iPad上登录的微博小号就刷到了一张让她克制不住尖叫得快掀翻天花板的照片。

下意识地保存到相册,她立刻在群里号叫,企图留住大家下线睡觉的脚步。

玲玲响叮当:姐妹儿们!!!我求求你们,快去看微博!!!喂你吃颗糖今天真的喂我们吃了一颗大糖!!!

玲玲响叮当:我爱彦希哥哥爱惨了!我今天是妈妈粉!谁都别拦我!我要亲我的崽一万遍!听到没!一万遍!

玲玲响叮当:亲得他小脸通红,亲得他眼睫乱颤,亲得他……

希望姐姐:这位姐妹儿,鸡笼警告!

唐久久算是为希望姐姐们做了一件大事。

下午齐钰走后,过了很久,彦希才突兀地对她说:"其实我也不值得你们的喜欢,更不值得你们为我付出。我没那么好,你去网上搜,那些黑历史都是真的。可我也没权利让你们别喜欢我,尽管大家喜欢的不是真的我。"

他笑了笑:"是不是觉得听起来很绕口?不过,生活就是这么矛盾。我有时候觉得别人的喜欢，可能不关我的事，她们只是为了自己找到喜欢的东西而喜悦。所以我没有理由去破坏她们的心情。有时候又觉得我是一件钱货两讫的商品，我表演，他们买账，也挺公平。我认为我保持距离，她们就不会过度喜欢我，彼此就不会对对方抱有期待。但……"沉默良久，他近乎低语，"就那么偶尔吧，还是觉得对不起她们的维护。可我没办法给得太多。"

像当初，刚入行，什么都不懂，对于别人的喜欢诚惶诚恐，不知道该怎么去回报。

后来呢，他没有处理好大家之间的关系，粉丝们过了界，开始指挥他的生活，甚至插手他与他母亲之间的关系。

说起来，他母亲的过世，原因很多。生病是真的，他的刻意疏远也是真的，粉丝让她别吸他的血让她情绪失控加重病情也是真的。

唐久久不知道当年彦希在上升期跟粉丝们一刀两断的原因，但她理解他故意疏远又很抱歉的心情。

所以，她不声不响地翻出了小时候跟彦希的合照，把自己那边裁掉，把背景虚化，然后把可爱的一年级生小彦希给发到了微博上。

就当是，送给希望姐姐们的一颗奶糖吧。

/ 第七章 /
后来呢？她跟小糖果怎么了呢？

生活中那么多阴错阳差和事与愿违，而人们凭借着骨子里的韧性，会安慰自己一句，好事多磨。

当晚，微博热搜第一条就是"彦希童年照"，第二条是"彦希态度差"，第三条是"喂你吃颗糖"。

今年娱乐圈第一流量，他坐得稳稳当当。

本来针对彦希的腥风血雨，仿佛被这股"自来水"洗得无影无踪。

希望姐姐们根本没时间再去跟其他人练口才，她们专注自家，忙着把心捧给小时候软软嫩嫩的彦希。

"呜呜呜呜呜……昨天的女友粉已经死了，今天的我是彦小希妈妈粉！"

"求求大家快来打醒我，我此时此刻只想让哥哥去结婚生孩子，去给我们生个一模一样的彦小希。"

"滋醒你，想屁吃。"

"想穿越回去，跟小学时候的彦希手牵手！"

第二天，普通吃瓜群众加入，热搜第一条就变成了"彦希喂你吃颗糖"。

他们开始"考古"，把"喂你吃颗糖"这个微博里面所有关于彦希的视频跟照片全都翻出来看了一遍，竟然也对彦希产生了路人好感。

试问，谁还能想到这个一贯保持高冷神情的彦希，会有这么多让人开心的视频呢？

所以，这两天，彦希与"喂你吃颗糖"这个微博的粉丝量噌噌噌往上涨。

齐钰神色复杂地对拿着手机看自己童年照的彦希说："这个'喂你吃颗糖'，可真是你的福将呢！"

平时发视频帮彦希圈粉，遇到有人黑彦希，她发视频澄清，再到这两天彦希被对家买水军抹黑，她干脆放照片用其他话题来带偏大家。

现在彦希还出圈了，正如他所想，彦希的童年照收揽了一大拨路人好感。

齐钰问："你的堂外甥呢？真的好神奇，他跟你小时候长得一模一样。"

正在喝水的彦希心虚地被呛到了，他咳了半天，艰难地说："事情一办完，他妈妈就把他带回去了。他在国外还得上学。"

"哦哦，那是应该的。学习更重要。"齐钰不无可惜地说，"本来我还想让你跟你外甥拍一张照片，发在微博上，大家绝对会疯狂。不过没关系，以后还有机会。"

看着这么努力为自己着想的齐钰，彦希心头涌上一股愧疚。

想必以后也不会再有机会了吧。

齐钰无意识地继续问："你女朋友呢？"

彦希好一会儿才反应过来，他是说的唐久久。

"出去了。怎么了？"

"没什么，就只是很纯粹地想对她表示respect。"

天知道，他知道了这个秘密后，脑子里又会写出什么样的恩怨情仇言情文来。

彦希斜睨他，不搭理他心血来潮的神神道道，继续低头研究自己的童年照。

昨天还是五岁小孩儿的他对着镜子，对比过他与这张照片之间的区别。没什么太大的变化，一眼就看出来这是同一个人的两个不同的年龄段。照片里的他年纪应该更大一些，可能是七八岁的样子。

他看着照片，企图从记忆里的犄角旮旯里搜寻出一点点蛛丝马迹。但他忘记了九岁之前的事情，那些年他在哪里生活、过得开不开心，忘得很彻底。

照片里，他眯着眼睛，小白牙还豁了个口儿，笑容灿烂，仿若晨曦，身边好像还站着其他人，可是博主只把他裁剪了出来。

不过，最让他好奇的是，这张照片连他自己都没有，这个微博的主人又是从哪里拿到的呢？

会是他小时候认识的人吗？

这个问题，纪玲玲也在问当事人。

她过于激动，一个劲儿地发私信给唐久久，把唐久久从昨晚夸到现在，想到什么夸什么。

到最后，她才想起一个问题，于是就也没有什么探寻目的地问出了口。

　　玲玲响叮当：糖，我爱你！你是我追星史上的再生父母！那么，你追星史上的女儿想问你一下，这张照片你是从哪里拿到的？

　　玲玲响叮当：难道我家哥哥是你的小学同学？

玲玲响叮当：你才是希望本望！没有你，我们什么都得不到。

　　玲玲响叮当：虽然很贪心，但我希望再接再厉，以后可以发哥哥更多的照片出来！答应我！给我冲！

　　玲玲响叮当：别当黑粉了。你是被黑粉耽误了的希望姐姐啊！

　　工业风装修的咖啡店里，舒缓的音乐飘荡在醇厚的咖啡香味里，室内的绿植郁郁葱葱，在阳光的照耀下欣欣向荣。

　　唐久久坐在靠窗的位置上，呷了一口海盐摩卡，低头看"玲玲响叮当"发来的私信。

　　喂你吃颗糖：死心吧，我在黑粉这条路上一去不回头。

　　喂你吃颗糖：这次是因为平时玻璃碴给大家喂多了，我偶尔良心发现而已。

　　唐久久没有跟"玲玲响叮当"发太多的消息，因为她对面坐下了一个人。

　　她收起手机，看向来人。

对方一坐下就端起桌上的清水灌了好几口下去，随后服务员才送上唐久久预先点好的美式咖啡。

"你最近时间很多吗？"洛昭闻问，"怎么设计图一张接着一张的。"

唐久久撇嘴："画得慢要被催，画得快要被说，你这人真的有点难伺候。"她得意地抬高下巴，"还不允许我有灵感吗？"

实话实说，每次看到那么可爱的小彦希在面前走来走去，唐久久就想说，扶我起来，我还能画！

要是彦希再多变成几次小孩儿，说不定，她能再多画十多个系列出来。

不过，那是不可能的。

唐久久拿出电脑，打开里面的设计稿，对洛昭闻说："珍惜现在吧。有这次没下次的，接下去我可能会萎一段时间了。"

"为什么？"洛昭闻问，"专注家庭吗？"

"哪里来的家庭？"

"不是跟你家墙上海报里的那位？"

唐久久笑着打哈哈："你好八卦。不是，是遵守质量守恒定律，每年就画这么多，这次画多了，下次就画少点儿。"

"瞎扯。"洛昭闻不信，移过电脑开始翻她的设计稿，"你这次的风格有点不一样了。以往都是颜色比较活泼跳跃的，这次怎么感觉是走小大人的风格。"

唐久久："多尝试一下，哪家家长还不想自己的孩子更帅气漂亮一点呢？"

洛昭闻继续往后翻，但屏幕上的图片已经不是设计图了。

他看得眼前一亮："这是你找的童模？"

昨天唐久久帮小彦希拍的照片，全存在这个电脑里。慈母心肠的唐久久秉承着一个妈妈粉的操守，准备拿出毕生功力来修图。

结果它们现在却暴露在了洛昭闻面前。

"什么？"唐久久探头一看，赶紧收回电脑，"不是不是，就是请朋友家孩子帮忙拍的照片。"

洛昭闻见她这么紧张，问："这是你什么朋友家的孩子，值得这么紧张？"

唐久久小声说："彦希家的。"

昨晚刚爆出彦希的童年旧照，今天要是被别人看到她电脑里又有长得跟彦希小时候差不多的小朋友的照片，那不得又炸一遍网络？

唐久久警惕地看了一圈人来人往的咖啡店。

洛昭闻叹气:"哦,本来还想让你介绍一下,看能不能过来帮我们这边拍一些模特图的。"

唐久久用彦希的理由推托:"人家住在国外的,已经回去了。"

"那就可惜……"

蓦地,唐久久看到洛昭闻变了脸色,以往的随和淡然被丢开,他慌张得连话都没说完,就快步跑出了咖啡店。

"哎……洛昭闻……"

不知道发生了什么的唐久久,坐也不是,追也不是。桌上还散着零零碎碎的东西,他连手机都没有拿。

"这到底是看见什么了?"唐久久趴在玻璃窗上,张望着外面街上的景象,可是,人早已经跑远了。

过了好久,洛昭闻回来了,像是刚才出去一趟顺便把魂也丢了。

唐久久让服务员又上了一杯咖啡,推到洛昭闻面前,示意他喝一口歇歇气。

"你刚才是看到了什么吗,这么急急忙忙地跑出去?"她好奇。

中间是一段很长久的沉默,洛昭闻神情恍惚,拧着眉头在思考。

唐久久并没有着急,她安静地喝着杯子里的摩卡,陪着洛昭闻梳理心情。

"我跟你说过我的未婚妻。"他开口。

"只是提过一句,她消失了。"

"是,找不到她。"他呷了一口咖啡,不加糖不加奶的美式咖啡苦得让人心揪着疼。

稳了稳情绪,他继续说:"我们快要订婚的时候,她不见了。我找遍了所有地方都找不到她。刚才我看到她在街对面出现了。"

"什么?"唐久久急切地问,"然后呢?你跑出去追上她了吗?"

洛昭闻垂头,眼泪滴落在咖啡里,没有声息。

唐久久看他这么伤心,心情也跟着低落。她试探地问:"你确定那是你的未婚妻?"

洛昭闻吸了吸鼻子,眼眶微红:"是,那肯定是她。"

"那她看到你了吗?"唐久久问得很小心,"她会不会是看到你了才躲起来?"

这个问题给了洛昭闻重重一击。

他深吸了口气,很坚定地告诉唐久久:"我们很相爱。如果她不想见到我,一定是她遇到什么事情让她很为难。而我……我只是不甘心,想问问为什么罢了。"

再多的不甘心，说到底还是想见到她，跟她说话，确认她过得还好。

如此而已。

"你手机里有她照片吗？给我看看，我也找人帮你留意一下。"

洛昭闻清楚唐久久说的找人，大概是拜托彦希。

毕竟彦希认识的人多，找人会更方便些。

考虑再三，洛昭闻从手机里翻出了一张他与未婚妻合影的旧照，递给唐久久。

有时候世界真的很小，唐久久怎么也不会想到，她其实见过洛昭闻的未婚妻。

洛昭闻盯着手机里的照片，嘴角微翘，眼中柔情万千："她叫苏荷清。"

唐久久看到他这个笑容，莫名心酸。她揉了揉发酸的鼻子，瓮声瓮气地说："我见过她。"

洛昭闻猛然抬头，眼里似乎燃起一丝希望。

"在我家楼下。我从外面回来，看到她晕倒在雨中。"唐久久犹豫着要不要说下去，但还是不忍心瞒着洛昭闻，"她看起来不太好，封闭自己，不开口跟人说话。听到'报警'这两个字，会很激动。"

洛昭闻的眼睛里有水光闪过，他紧握着拳头，竭力克制着自己的情绪。他死死地盯着唐久久，希望她说出来的消息能够让他好受点儿。

唐久久接着说："我把她带回去了，让她住在我家。"

可是，她并没有住，要不然她怎么会出现在街上。洛昭闻想。

果然，唐久久说："可是第二天我醒来，就发现她已经走了。"

"你什么时候遇到她？"

"上周吧。就是那天忽然下雨，还下得挺大的。"

唐久久不知道，为什么洛昭闻会突然痛哭出声。

她怎么会知道，那天他也从她家出来，原本他应该可以遇到苏荷清，原本他应该把找了好久的心爱的姑娘带回家。

生活中那么多阴错阳差和事与愿违，而人们凭借着骨子里的韧性，会安慰自己一句，好事多磨。

回到彦希家中，唐久久生无可恋地瘫倒在沙发上，眼睛一眨不眨地看着天花板，大脑处于放空状态。

彦希坐在靠窗的单人沙发上，背着剧本中的台词，还抽空分出心神来注意她这边的状态。

见她情绪不对劲,彦希合上剧本:"怎么了,不开心?"

唐久久有气无力地回头看他,语气幽怨:"爱情啊,让人趋之若鹜,又让人心有不甘。"

彦希:这是受了什么刺激?

"谢谢,我被你笑话了。"

这副看破红尘断情绝爱的沧桑模样,真的还蛮好笑的。

唐久久不屑跟他掰扯:"你不懂。"

彦希倒跟她掰扯上了:"哦,那你说说我为什么不懂。"

"可能是因为你没有经历过爱情的毒打吧。"

"爱情的毒打"这五个字让不纯洁的社会人彦希一时之间想歪了。他警告唐久久:"唐久久,虽然选择什么形式的爱情是你的权利,但你最好还是不要猎奇。"

唐久久疑惑:"什么猎奇?我没有猎奇。"

牛头不对马嘴的两人大眼瞪小眼,决定还是不要搞虚的了。

唐久久把洛昭闻的事情简单跟彦希说了一遍,想到洛昭闻不顾体面,在安静的咖啡店里放声痛哭,她的鼻子微微泛酸。

唐久久说:"彦希,你圈子广,拜托你也帮忙打听一下苏荷清。

那天我们遇到她的时候,她看上去过得不太好。"

彦希点头答应。

唐久久这才发觉,屋子里的气氛有点沉闷。

她是一个不太喜欢把负面情绪传给其他人的人,所以也不想把彦希的情绪搞得很低落。

她看到桌子上的剧本,便询问说:"你什么时候进组啊?"

"说是两个月后开机。"

"哦,那你进组之后人多眼杂的,万一又变成小孩儿怎么办?"

彦希耸肩表示无所谓:"按前两次变成小孩儿,消耗的体内元素数值来看,其实昨天变小之后,我体内的放射性元素应该差不多被消耗完了。我今天去医院又检查了一遍,到时候再看报告。总之,就算有下一次,应该也没有这么快的。"

唐久久略微有些失落,她似乎没有必要再在彦希身边待下去了。

她强打起精神,笑了一下:"那我这个助理是不是可以功成身退了?"

"那就到下月底吧。刚好三个月,有始有终,结算工资也简单。"彦希神色微微不自然。

他感觉现在自己的一举一动都很刻意,是因为他不想表现出不舍得唐久久离开的样子。

分别的话题总是让人郁郁寡欢，两人都选择将它暂时性地抛在脑后。

周五，LMX 娱乐董事长会在沅江洲畔酒店举办生日晚宴。彦希一周前就收到了邀请。这种晚宴不单单是为了给董事长庆生，亦可以看作是娱乐圈内的人脉会。

下午三点半，唐久久被彦希带到一家形象设计工作室，呆坐了两个小时，任由三位拥有一大串职业 title 的设计师一边帮她做造型，一边往她脑子里塞一些护肤变美小秘诀。

睁开眼的瞬间，唐久久不由得吃惊，瞪大眼睛望向镜子里焕然一新的自己。

一袭酒红色丝绒吊带长裙勾勒出曼妙身姿，一贯的半丸子头发型被拆下，长发披肩，发尾烫卷，自然地垂落在胸前，左额前一缕头发被挑起，用钻石发夹固定住，既慵懒又有一点年轻的俏皮感，再搭配红唇，整个人散发着复古港风的味道。

唐久久差点热泪盈眶，看向三位化腐朽为神奇的大师："你们真是拥有鬼斧神工的技术！我都不知道我可以尝试这个风格。"

要不是来这里消费一次就得花费好几个月工资，唐久久真想办一张贵宾卡。

唐久久迫不及待地起身,去找已经在外面等着的彦希。

换上黑色西服的彦希听到脚步声由远及近直到眼前,下意识地抬头,就看到与往常截然不同的唐久久。

迎着被打量的视线,唐久久登时有些羞涩,她勾唇一笑,惊艳且灵动。

彦希沉声赞美:"很漂亮,很适合你。"

好像一株含苞欲放的花朵突然开到娇艳欲滴。

他的视线落在她裸露在外的肩膀和手臂上,于是将旁边的风衣罩在她身上:"外面有些冷,我们先走吧。"

沅江洲畔酒店今晚非常热闹,外面一水儿的豪车,不少媒体也闻风而来。

LMX娱乐索性在酒店外铺了一条红毯,并设置了一个拍照区,将媒体记者们都请到这块唯一允许拍照的地方,让愿意被曝光的公众人物在宴会前大大方方地在此亮相。临近开宴,又安排了人给媒体记者送上手办礼,将他们一一请走。

唐久久挽着彦希走进宴会厅，侍者们上来接过他们褪下的外套，并送上酒水供他们挑选。

看她拿了一杯香槟，彦希温声提醒："香槟容易醉人，你可千万不要喝。"

为什么让她不要喝酒？是不是上次她酒醉之后保持了一如既往的秉性，无意识地强吻了他？

延期了那么久得到肯定答案的唐久久不禁老脸一红，无颜面对彦希。

她胡乱地应了一声，眼神乱飘，看向其他地方。

大厅内富丽堂皇，衣着华丽的客人举着酒杯，三三两两地围聚一堆，谈笑风生。

LMX不愧是国内娱乐公司的老大，放眼望去，大半个娱乐圈的人都来了。

不过，不管在哪里，人与人之间还是有隐形墙壁阻隔着的。

当红艺人被众星捧月，三线以外的艺人则是努力地创造机会跟人搭上话。

一瞥见彦希和唐久久，时小葵便跟正在谈话的老板们告了声罪，翩翩然来到他们面前。

她跟唐久久点头打了个招呼，才跟彦希说："我刚才听说，D家最近要换代言人了。你跟我去他们中华区负责人那边露个脸，能拿下国内的全线代言就更好了。"

彦希点头："好。"

他没问题，就是不太放心唐久久。

被担心的唐久久很有眼色，直接说："那我去那边拿点儿吃的，你们有事就去忙，不用管我。"

"好，你别乱走，就待在大厅里找个角落坐着。"彦希扫向她手里端着的酒，再次嘱咐，"你别喝酒，问侍者有没有准备果汁。我等会儿谈完事情就去找你。"

这一通感天动地不厌其烦的谆谆叮嘱，让一旁等着的时小葵都觉得新鲜。

什么时候，寡言少语的彦希也这么会关心人了？

爱情的力量啊！

宴会厅的取餐区摆着很多甜品，但今晚来这里的人大多无心关注美食。

唐久久端着盘子拿了一些小蛋糕，厚着脸皮让侍者帮忙拿了一把凳子，她就坐在被高大盆栽跟柱子遮住的阴影角落里自得其乐地吃起来了。

原以为在这隐蔽的角落不会被人打扰,但有时,总会发生点儿让人意料之外的事情。

急促的脚步声慢慢靠近,唐久久塞了一个杧果布丁在嘴里,边鼓鼓囊囊地吃着,边抬起小脑袋。她藏在柱子后,眼睛透过盆栽树茂密的枝叶看清了来人。

是蓝天河和他的经纪人。

想起上次在拍摄现场看到的蓝天河那个让人脊背发凉的笑容,唐久久缩回脑袋,老老实实地待着。

可尽管没去过多关注两人,他们的谈话声还是清晰地钻进了唐久久的耳朵。

"当初是谁说马上能把她找回来的?结果呢?都这么多天了你还没找到!"蓝天河压抑着怒气,说得咬牙切齿。

林玉阮低头认错:"对不起,我已经安排了不少人去打听和查找,应该快了。"

"快了?这两个字你说过多少次了?"蓝天河压低声音,却怒气更盛,"你是不是想让我死?她要是曝光了那件事,我就离死不远了!"

"天河，不会的。"林玉阮开始慌张，"你再给我点儿时间，我一定会帮你把人找到。"

"我不想再听任何没用的话，我只要见到人。要不然，我也不知道自己会做出什么事情来。"

听到这句话，唐久久忍不住跟林玉阮一样，打了个冷战。

她摸了摸被激起鸡皮疙瘩的手臂，轻轻地拍着胸口安抚狂跳的心脏。

不要跳得太响，要是被蓝天河发现她偷听了他们的对话，她丝毫不怀疑他会杀人灭口。

最后，这次的对话以蓝天河说了一句"亲爱的，你要对我有用点儿，我才喜欢你待在我身边"结束。

等他们走后，唐久久谨慎地多等了十分钟，才悄摸摸地起身走出去。

还没来得及琢磨蓝天河跟他经纪人的话里到底包含着什么意思，彦希便回来了。

"你怎么了，心不在焉的？"彦希站在她身边，时不时做手势制止过来找他的人。

唐久久环顾一周，看到身边并没有其他什么人，于是凑近彦希，轻声告诉他，方才听到的对话。

彦希若有所思，眼神自动地锁定了人群里正在跟某公司董事攀交情的蓝天河。

蓝天河这人脸上经常带笑，但其实是个内里藏奸的人。得罪了他，就得提防着哪天一不注意被他反咬一口。

彦希想到自己几次在网络上被大规模地黑，应该都跟蓝天河脱不了关系。

他贴在唐久久的耳边，严肃地警告她："别多想。别管蓝天河的事情，他可能是天蝎座的。"

嗯？

唐久久一言难尽地回望着彦希，他以后可能会是因为拉满天蝎座仇恨而死。

蓝天河站在人群中，同样看到了保持亲密姿势在谈论事情的彦希和唐久久。

他问林玉阮："彦希跟他身边的助理是不是有故事？"

"不清楚。但不管是不是，我们都可以当成是。"林玉阮谨慎地回答，"我已经让人去跟拍了。如果网上有什么苗头对我们不利，那我会放出一些彦希跟他女助理之间一些似是而非的料来引导舆论。"

蓝天河满意地笑："好,那我等着。"

之后,彦希又去参加社交活动,被以前合作过的导演拉进经常在各种颁奖节上看到的导演、编剧的圈子里。唐久久远远地看着,他或侧头认真地听别人讲话,或举起酒杯跟人对饮,或带着笑意与人交谈。

彦希其实也能适应这种名利场,只是这种时候的彦希与平时相处中的彦希差别很大。

彦希的视觉非常敏感,他拿出片场找机位时的专业,一眼就看到盯着他看的唐久久。

他眉眼一下子变得柔和,眼里带着光。他冲唐久久笑了一下,又收敛神情接着跟人交谈。

某个导演见状问："谈恋爱了吗?"

彦希笑了笑,点头："是。"

唐久久摇摇头,背过身,继续小口小口地吃东西。

吃得太多,有点儿口干,她一时忘记,端起手里的那杯香槟……

"你是傻的吗，明明让你别喝酒。"

宴会厅的阳台上，彦希用双臂圈住不安分的唐久久，无奈地教育着已经醉得听不进去话的人："要不是我对你不放心，一直留心着，我跟你说，你可能就要扬名娱乐圈了。"

当时的彦希看见唐久久背着身做了一个仰头的动作，就有一种不好的预感。他跟众多导演、编剧打了个招呼，退出了这场小型人脉拓展交流会，匆忙赶到她身边。

没错，唐久久已经把那杯香槟给喝完了。

她后知后觉地看着杯子发愣，脸颊通红，无辜地用水润的眼睛看向彦希："我有点渴，就忘记了。"

想到她上次喝了一罐含酒精的饮料后的场景，彦希便不敢低估喝了一杯香槟的唐久久的威力。

他让侍者把外套送来，把唐久久带到宴会厅门口，穿好衣服，就走出来坐在这里等齐钰。

唐久久窝在彦希的怀里，虽然行动上没有自由，但醉酒的她根本不在乎。

她一拱一拱地努力伸长脖子，噘起嘴，就想往彦希脸上亲。彦希往后仰，她死活也亲不到，语气暴躁地指挥："你离我近一点！

我亲不到！"

理直气壮，彦希真想多出一只手来把这一幕拍下来明天循环播放给唐久久看。

两人在夜晚的冷风中僵持了许久，彦希的手机在衣服外兜里响起，他只能放开一只手去拿手机。唐久久趁机蹦起来，亲在彦希的嘴上。

只是醉酒的人不管不顾，往上蹦的力气太大，导致两个人的牙齿相磕，彦希疼得倒抽冷气，而唐久久，疼哭了。

地下停车场，齐钰等在车边，听到一阵豪放的哭声，他循声望去。

彦希揽着脚步不稳的唐久久，摇摇晃晃地从电梯上下来。唐久久闭着眼睛毫无形象地在哭，时不时还扭头在彦希的西装上擦一擦鼻涕眼泪。

"她这是怎么了？"齐钰好奇地问。

"磕到了，疼哭的。"彦希言简意赅。

他让唐久久站好，松开双手，因长时间用力，他手臂开始发酸了。

齐钰觉得好笑，凑近哭得很认真的唐久久："磕到哪里，能让你哭成这样？"

唐久久没回答，反而扑过去，双手环住齐钰的脖子。

齐钰只感觉到一股不算浓的酒气迎面扑来,然后脖子被人勒住。定眼一看,是凑得越来越近的唐久久。

他还不知道要做点儿什么,就被人快速地推了一下。

彦希把齐钰往后推,手掌握着唐久久的肩膀,一用力,将她扒拉回来,禁锢在自己怀里。

这一切发生得非常快,齐钰戒备地看向唐久久:"这是干吗呢……我差点就晚节不保!"

下一秒,他噤声了,因为收到了彦希警告意味很浓的眼神。

彦希说:"谁允许你凑得这么近的?你们关系很好吗?"

齐钰:"……"

有事齐砖砖,无事齐滚滚。

这个人情冷暖的世界,他知道了。

他今天就要在这儿断绝跟彦希的虚假兄弟情。

坐在车里。

唐久久已经过了嘴巴被磕疼的那股劲,又开始作妖,双手挣扎出来,捧着彦希的脸,硬是躲过他的重重阻力,贴上去。

彦希被她逼到挨着车门,退无可退。

从后视镜里看到后车座上的景象,齐钰在心底为夫纲不振的彦希叹息。

被揩油揩到这份儿上,他们家彦希也太惨了吧!

唐久久闹了许久,睡意渐浓。

她抱着彦希,脸贴在他的胸膛上,含混不清地问:"彦希哥哥,你什么时候来娶我啊?"

彦希没有听清楚:"什么?"

"你什么时候来娶我啊,你说要我做你的新娘子的。"

月色朦胧,车外的夜景映衬着这座城市灯红酒绿的热闹,她靠过来的脑袋瓜儿埋在他的胸口,他还可以听到她清浅的呼吸声。

车内这方狭小的空间里,这一刻静得有点安逸。

他缓慢地合上眼皮,渐渐沉入梦境。

这应该是小学二年级的时候,他就像在网上曝光的那张童年照里一样,穿着夏季的白T恤校服。

这是一间书房,八岁大的彦希坐在宽大的书桌前,身后是两排大书柜,他趴在桌子上算着口算习题。旁边还有一个位置,椅子上放着一个粉色小书包。

虚掩的房门被推开，进来一个扎着双马尾的胖乎乎的小女生，她抱着玩偶踢踢踏踏地来到他身边。

小女孩过来，轻轻摇了摇他的手臂，口算习题本上立刻多了一道划痕。

他叹气，放下笔，扭头问小胖孩儿："说吧，你又要干吗？"

小胖孩儿很懂规矩，她肉嘟嘟的小手握拳伸出来。

他也伸出一只手，放在她的拳头下。

拳头摊开，一颗黄色包装的糖果落入他的手心。

"给你吃糖。"小胖孩儿笑起来，圆鼓鼓的脸蛋上隐约可见一个小梨窝。

她见他把糖纸剥开，吃掉那颗奶糖之后，才说："彦希哥哥，来陪我玩过家家吧。你当爸爸，我当妈妈。"她献宝似的把玩偶抱起来，"看，这是我们的小宝贝。"

他嚼着奶糖，看了看桌子上的作业，残忍地拒绝了："不行。我不玩。"

小胖孩儿不开心地嘟嘴："为什么？"

"我不能当爸爸。我们要结婚，我要娶了你之后，你才能当妈妈，我才能当爸爸，我们才能有小宝贝。"

小胖孩儿歪着头："那你什么时候来娶我啊？"

"下次写完作业之后吧。"

"那拉钩。"

他看到梦里的小彦希大包大揽,伸出小拇指钩住小胖孩儿的小拇指:"我不会骗你的,小糖果。"

后来呢?

后来,他跟小糖果怎么了呢?

♥

/ 第八章 /
我去找我的小时候了
你放心，我是他的黑粉。黑粉你知道吗？就是讨厌彦希的人。

完了。

这两个字在唐久久头疼到发晕，揉着太阳穴醒来时，就刻在了她的脑海里。

昨晚最后的记忆到她口渴想要喝水，一时忘记，而端起手中的香槟一饮而尽，然后彦希来到她身边时戛然而止，那之后……尽管想不起来，但应该是她不想面对的场景。

她生无可恋，坐在床上双手捂脸，耳边回荡着昨晚彦希的那句："香槟容易醉人，你可千万不要喝。"

但是，她喝了，还醉了。

"醒了吗？"

门口传来敲门声,紧接着是彦希的询问声。

唐久久的思绪被拉回来,她想要去开门,又想要钻进被子里装睡。左右犹豫,一时手脚慌乱,不小心拉动被子,把床头的手机给带到了地上。

"咚"的一声,即使外面没有听到房间里的回应,也知道这是人醒了。

彦希能够想象到里面的人有多不想出来,他忍住笑,用平静的声音说:"如果醒了就出来吃早饭。"

直到门外传来离开的脚步声,唐久久才卸掉全身力气,躺在床上,用被子蒙住脸,羞愧地胡乱踢着被子。

等到唐久久做好足够心理准备,能够面对彦希时,已经是半个小时后。

她踮着脚,尽量不发出声音下了楼,彦希正坐在餐桌前翻看着剧本。

他穿着白色低领针织衫,乌黑浓密的短发,眉眼清秀,轮廓帅气,尽管已经二十七岁,却还是掩盖不了身上的少年气息。

为了不让自己的突兀出现吓到他,唐久久好心地清了清嗓子。

彦希回头，看到她站在身后一言不发，微抬起下巴示意她进入厨房。

"有生滚牛肉粥、蒸饺这些，在锅里温着，你可以加热一下吃。"

唐久久瞬间回忆起人生中喝过的最难喝的那杯姜茶，停下迈向厨房的脚步，挣扎着问："你做的？"

"想多了。"彦希抛了一个"你何德何能"的眼神，"点的外卖。"

"哦，那就好。"

这颗心放下得太早。

彦希总觉得自己被嫌弃了，不看剧本了，问道："好什么？"眼睛直勾勾地注视她。

唐久久觉得她这是受到了威胁。

她运用这小两月在逻辑鬼才彦大师身边的历练成果，强行"挽尊"说："好在没有劳烦您为我下厨，要不然起迟了的我就太诚惶诚恐了。"

彦希放过绞尽脑汁打圆场的唐久久，把剧本放在一边，单手托腮，肆无忌惮地看着低头吃早餐的唐久久。

她吃东西时很认真，吃得心无旁骛，喜欢把食物一口塞进嘴里，然后腮帮子一鼓一鼓,像是仓鼠进食。

彦希皱眉,努力搜寻昨晚的梦境,想要把眼前的人跟昨晚梦里的那个小女孩对上,但两者差得有点儿远,眉眼间似乎也找不到什么相似的。

他忽然不确定,昨晚的梦是小时候的记忆,还是幻想。

"你看着我干什么?"唐久久抬起眼皮,余光瞥见彦希正正大光明地盯着她。她犹豫着用手指擦了擦唇周,生怕自己吃东西时不小心沾了酱汁。

彦希伸出一只手,摊开放在桌面上:"给我一颗糖。"

"哈?"

"我嘴巴有点苦。你不是经常吃糖?"

"哦哦。"唐久久摸着裤兜,掏出一颗大白兔,"喏。"

"你怎么经常吃奶糖?"

唐久久塞了一整只煎饺在嘴里,含含糊糊地回答:"从小喜欢,每天吃一颗奶糖,一直没变过。"

彦希揉搓着糖纸:"小时候你也吃这个牌子的吗?"

"没有,小时候吃的本地牌子,长大后那个牌子就没了。"唐久久来了兴趣,"黄色包装纸,上面还画着一头奶牛。记得它还出过可可味奶糖,也很好吃。"

"是吗?"彦希剥开糖纸,把糖含进嘴里,连笑容里也沾染着奶糖的甜,"谢谢你的糖,小糖果。"

"不客……"唐久久后知后觉地把那声"小糖果"收进在耳朵里,诧异到瞳孔扩张,"客——气。"

她错愕地看向彦希,不知道该说些什么。

是认出她了吗?

那她需要怎么说?

十多年未见,彼此都变了模样。要是回忆从前,反而有些不自在。

彦希被唐久久的反应逗乐,他笑得极其开心,为快要找回以前的记忆。

"小时候,有个小女孩每天分给我一颗糖,我叫她'小糖果'。是你吗?"

唐久久没有点头,不明白他为什么突然说起这个。

彦希脸上的笑容稍微隐去,他解释:"我忘了九岁之前的所有事情。"

随后,他看向唐久久,目光热切:"唐久久,我们回小时候的地方去看看吧,说不定我能想起什么。"

彦希是个雷厉风行、行动力极强的人，但唐久久不是。

所以彦希的寻找童年记忆的计划刚被提出来，就被唐久久一票否决，暂时搁浅。

因为，她要去参加于雪曼的婚礼。

是的，她的好朋友于雪曼，一声不吭就闪婚，惊呆了颜菲跟她。

两个连婚姻这张答题卷纸都还没开始写的单身狗，在她们三人的微信群里呼唤快要交卷的准新娘。

颜菲："于雪曼，你真是个会搞大事的人。"

唐久久："你闪婚对象呢？姓名、身高、年龄、职业、性格、爱好……请这位朋友自觉介绍，附照片更好。"

颜菲："为什么如此迅速！你要结婚了，久久搞对象了，我……突然慌张。"

看到这里，唐久久一阵心虚。

于雪曼："谢邀。你们的未来姐夫，是我的邻居哥哥，刚从国外回来，准备在沅城开牙科诊所，比我大两岁。两家知根知底，他没出国之前我还暗恋过他，他说也喜欢我。"

颜菲："好，这门亲事我答应了。我要是有个青梅竹马，我还可能是单身吗？今年回家过年，我有理由反击我家人的催婚了。邻居没有住着我的未来老公,是他们对不起我。"

唐久久无语。

颜菲这句话,误伤到了她。

她拥有青梅竹马,但至今仍是铁骨铮铮的单身狗。

唐久久:"好,这门亲事我答应了!祝你幸福!我们不会歧视已婚妇女的,你放心。"

于雪曼:"你想多了,我这个已婚妇女会歧视你们的。"

唐久久:"???[这都没人管?.JPG]"

颜菲:"???[这都没人管?.JPG]"

唐久久来参加于雪曼的婚礼,旁边还跟着一个随身物件——戴着帽子和口罩的彦希。

颜菲是伴娘,看到唐久久把彦希也给带来了,立刻把人拉到一边。她语气中既为唐久久担心,又有些替之高兴:"你们这是准备公开了?"

"什么玩意儿?"

颜菲皱眉:"难道不是为以后你们的公开做准备,所以才跟你一起出来参加朋友的婚礼,先流露出点儿消息来让大家接受?"

唐久久第一次发现好朋友是个公关鬼才，遗憾地说："不是。"

"不准备公开的话，他跟你一起来干什么？"

"来见识结婚的场面。"唐久久摊手，"他说记事以来，都没参加过喜宴。"

颜菲恨铁不成钢地看着被她打上"恋爱脑"标签的唐久久："你傻的吗？这个理由你也信？"

"那不然呢？"

彦希连快要被他们忘记的协议都拿出来了。

"你还是我的贴身助理。多贴身，就是我必须时时刻刻出现在你的视线范围内的那种距离。"

来之前，唐久久再三跟彦希确定："婚礼上一定会有人把你认出来的。你戴口罩也没用。"

"没关系，我低调点儿。"

"为什么你这么想去？"

"因为我好久没参加过婚礼了。"

唐久久心累，她怕是劝不过这个信手拈来一个正当理由的人。

宴会厅里人多口杂，唐久久今天仿佛就是一个被害妄想症患者，看谁都觉得他可能拿起手机拍一张彦希的照片爆料,所以,她拉着彦希一起进了于雪曼的新娘休息室。

房间里,颜菲陪着于雪曼一起聊天自拍。

看到唐久久带着彦希进来,于雪曼笑得非常欣慰,对他们两人说:"祝福你们啊。"

姐妹儿,你是不是把话说反了?

彦希回应:"谢谢,也祝你新婚快乐!"

唐久久被他们两个人的对话给弄蒙了——这是谁来参加谁的婚礼?

唐久久把乱说话的彦希推着,让他坐在角落的沙发上,而她则跟颜菲一起陪于雪曼瞎聊天。

于是彦希今天听了一耳朵的准备婚礼有多麻烦的抱怨。

他坐着有些无聊,发微信给齐钰。

彦希:"我第一次知道结婚这么累。"

齐钰:"现在都可以交给婚庆公司,但一般有心一点的人都会自己盯着婚礼的筹备。"

彦希:"还有婚纱照、伴手礼、宾客名单、座位安排、礼金之类的。"

齐钰:"虽然是这样的没错,但是我想请问你,为什么突然关心起结婚的事情了?"

齐钰:"你不会心血来潮,突然想不开吧?"

齐钰:"别告诉我!我不听!我不愿意知道这个噩耗!"

齐钰心惊胆战,生怕彦希突然说他想要结婚。娱乐圈内三十岁以前结婚的男演员都算是早婚了。

幸好,彦希只是回了一句:"来参加别人的婚礼,听她们在讨论而已。"

临近婚礼举行的时间,唐久久跟彦希就去外面的婚宴上坐好。

依旧是为了不被人发现,他们两个孤零零地坐在很边缘的备用桌上,搞得经过的两家亲戚都向他们投来奇怪的目光。

摘下口罩的彦希压低帽檐,唐久久凑过来小声地说:"他们是不是都以为我们是两个来蹭饭的路人,其实跟今天的新郎新娘根本不认识?"

彦希回答:"有可能是。"

唐久久说:"早知道,让雪曼给我一张纸质请帖,我要把请柬立在桌子上。"

现在都流行发电子请柬。而当初于雪曼做得更绝,只是轻描淡写地在微信群里说了一声:"我下周要结婚,你们要来哦。"

还好,于雪曼的父母认识唐久久,还过来问她怎么坐在这里。

唐久久能怎么说,只能说:"这位朋友今天咳嗽,怕跟别人一起吃饭有点不礼貌。所以我们两个就坐这边来了。"

于爸于妈稍微关心了一下,就忙着去招待其他亲朋好友了。

而唐久久后知后觉地发现,她似乎学到了彦希信口胡来的技能。

近朱者赤近墨者黑,流传两千多年的真理诚不欺我。

其实,唐久久也没有参加过几场婚礼。

她一直在外地上学,现在也在外省上班,所以亲戚朋友的婚礼一般她都无法到场。

她也没有料到,当她看见她的好朋友挽着爸爸的手,一步一步走向自己的归宿的时候,会眼泪夺眶而出。

"哭包啊你。"彦希坐在旁边给她递纸巾,轻拍着她的肩膀,语气宠溺。

他眉眼带笑,眼中的柔情似一潭深水,让人望一眼就深陷进去。

"我也不知道为什么,就觉得心酸,又有些感动。"激动的情绪让唐久久的声音都有点变调,"我的朋友,要离开疼爱她的父母,以后要跟她喜欢的人一起生活了。

"我不知道婚姻生活到底是怎么样的,有些人说得很可怕,有些人又说很幸福。但我真心希望我的朋友,可以遇到疼她爱她宠她敬她能够迁就她的人,让她永远少女,保持天真。"

于雪曼的婚礼,唐久久全程都处于要么在哭要么在笑的状态,让彦希无比庆幸他们选择坐在这个偏僻的角落。

结束伴娘任务的颜菲找了过来,看到已经把妆都哭没了的唐久久,有点好笑。

"唐久久,别人的婚礼你都这么激动,那你以后自己结婚,新郎还不得为你准备一辆120啊?"

说到新郎的时候,颜菲还特地往彦希这边瞟了一眼,发现彦希嘴角微扬,心情很不错的样子。

唐久久说:"我不管。这场婚礼真的太感人了。我家曼曼一定会幸福。"

"对对对,曼曼一定会幸福。"颜菲把她从座位上拉起来,"该扔捧花了,曼曼让我一定要把你拉到最前面去。"

唐久久一听,赶紧摇头,她想得非常多:"不了不了,我现在哭得这么丑,没脸出现在大庭广众面前。要是被婚礼摄像给拍进去了,于雪曼最丑朋友这个头衔就是我的了。"

"没关系，后期可以让摄像剪掉。反正这段录像你不是主角，没人在乎你的。"

好说歹说，唐久久最终出现在抢捧花的第一排位置，旁边是跟着她一起的彦希。

幸福的人，看到谁都想要送他幸福；而要结婚的新娘看到出现在她面前的一对对，也总是想让他们原地结婚。

显然，于雪曼就是这样一个不忘跟朋友分享喜悦的新娘。

她丢捧花，很明显就是冲着唐久久的方向来的。

为了不辜负于雪曼的心意，唐久久在捧花还滞留在半空中呈抛物线下降时，就跳起来想在所有人之前接住。

但她估算错误——捧花撞到她的手腕，被她一挡，转了个方向，正好落在站在她左侧的彦希的怀里。

捧花给唐久久跟给彦希是一个意思，于雪曼笑得很开心，被新郎揽在怀里的她对着话筒说："恭喜。希望你们能早日结婚。"

彦希压低帽檐，把怀里的玫瑰捧花塞给唐久久，拉着面红耳赤的她转身离开围堵的人群。

所有人都善意地起哄，看着他们坐回原位。

唐久久目不转睛地盯着被彦希握着的手，手掌相触的温度像一股暖流，从四肢百骸，最后归于心脏。

直到被松开，余温在空落落的掌心中依旧存在。

彦希一坐下就跟唐久久说："把花拿远一点，我对玫瑰过敏。"

然后，他将头转向另外一边，用胳膊肘掩住口鼻，开始狂打喷嚏。

他没发现唐久久眼中的光亮暗淡了下来，就像始终被小心埋藏在心中的一点点幻想，刚得到阳光的眷顾，还没有来得及冒泡，就被现实狠狠拍进大海里。

晚上，有人在网上发了一张彦希坐在角落吃酒席的照片，顺便爆料：

彦希今天去参加朋友的婚礼，接到了新娘的捧花，丝毫没犹豫地就塞给了旁边的人，因为他花粉过敏。哈哈哈哈哈哈，后来别人开席吃饭，他坐在最角落的一桌，孤零零地打喷嚏。

吃瓜群众被这则消息里的彦希给可爱到，纷纷心疼起花粉过敏的他。

"哈哈哈……不能好好喝喜酒的彦希：我就没有受过这么大的

委屈!"

"哥哥要是来参加我的婚礼,我愿意为你把捧花换成假花。low 就 low,哥哥抢到不打喷嚏就好。"

"所以,他是忘记自己花粉过敏了吗?为什么还要去抢捧花呢?"

"不,楼上,别人说,他没抢,是捧花掉到了他的怀里。"

"我家哥哥去参加朋友的婚礼,坐在最角落的一桌,还孤零零地打喷嚏?这是什么可怜又可爱的小宝宝哦。"

但后面,事情发展的方向越来越偏。

先是有人说,彦希不是今天新郎新娘的朋友,为什么他会去参加这场婚礼?

紧接着,福尔摩斯属性的粉丝们放大照片,发现不是只有彦希坐在那里,他身边还坐着人,因为他脚边还有一小片裙角。

直到有知情人点出:"婚礼新娘是彦希女助理的好朋友,彦希是跟着助理去参加人家的婚宴的。"

到此,水军出现,营销号们也纷纷下场,说"彦希疑似与女助理交往"。

希望姐姐们被更新太快的消息弄得应接不暇。

彦希花粉过敏？怪不得每次都是齐钰吭哧吭哧地把粉丝们送的鲜花捧在怀里，而彦希戴着口罩能跑多快跑多快。

彦希有女助理？什么时候的事情？为什么她们粉丝不知道！

彦希跟女助理交往？不，抱走哥哥，我们不约。

可她们还是暗暗地来问齐钰：女助理怎么回事？彦希为什么跟女助理一起去参加婚礼？两人是真的在交往吗？

彦希挂断跟齐钰的通话，瞟了一眼参加婚礼回来就情绪低落的唐久久。

"你要不要先回房间休息？"

他以为她是今天下午情绪过于激动，所以现在累了。

唐久久深深地看了他一眼，点点头，一言不发地上楼了。

她把自己扔在床上，打开手机微博，看到首页上出现一条新消息。

彦希工作室：老板说本来是去蹭饭，没想到还蹭了捧花。祝新郎新娘恩爱两不疑。顺便，他是交了礼金的。

而唐久久也趁机打开电脑，登录"喂你吃颗糖"的微博，把以往营销号集体黑彦希的假料全部整合在一起，发了一条长图。

喂你吃颗糖：招黑体质。【附图】

彦希工作室的澄清微博，让希望姐姐们有底气去跟水军们控评。

而"喂你吃颗糖"发布的长图，让吃瓜群众知道，这不过又是一次营销号收钱办事的阴谋。

第二天，虽然话题还在微博热搜榜上，可基本该澄清的都已经澄清了。

齐钰打电话愤愤不平地跟彦希抱怨："蓝天河那边已经彻底咬上我们了，动不动就花钱黑我们一波。林玉阮的手段真是下作，黑你就黑你吧，把素人一起拖下水干吗？"

彦希靠在椅背上，闭着眼睛听齐钰絮絮叨叨。

车内，到站的广播声响起。

顿时，电话另一边的齐钰感觉事情不简单，问了一句："你现在在哪里？"

彦希回答："高铁上。"

齐钰差点蹦起来："朋友，在这个全网差不多都在讨论你的时候，请你告诉我，你为什么要出现在高铁上？"

彦希开心得像是个要出去春游的小朋友，语气带着前所未有的欢快："我要去找我的小时候了。"

清溪镇位于包邮区的沿海小镇。

这几年国家号召建设美丽新农村，清溪镇也早就被翻新了一遍。

镇中心的主干道上人来人往，没人注意这两个戴着口罩慢慢踱步的人。

唐久久带着彦希左转，跨进路边一扇敞开着的大门。

大门内是一处空地，两侧是一排笔直而立的杉树，杉树已经有很多个年头儿，郁郁葱葱遮蔽掉刺眼的阳光。迎面是一栋联排的三层楼房，最高层的墙外挂着八个鎏金大字的校训"勤学守纪，团结奋进"，每一层的走廊处每隔几扇窗户的墙上就挂着一幅古今中外的名人画像。

楼房与大门之间隔着一个空旷的大操场，走进去才会看见左手边的主席台和旁边的旗杆。

彦希凝视着国旗下的位置，迟迟没有移步。

"怎么，记起来了吗？"

唐久久顺着他的目光看去，主席台上什么东西都没有。

这是镇上最早的小学，彦希当初就在这里念书。在唐久久从这里毕业一年后,就听说这所小学搬到了新校址,而这里被空下来当作一个避难集散处。

彦希蹙着眉,不确定地说:"我好像站在红旗下,拿着话筒在读什么东西。前面站着老师,操场周围还围着很多大人。"

"那是少先队员入队仪式,老师给你们佩戴好红领巾,你站在前面带着大家跟着老师宣誓。学校会邀请家长们来观看。"唐久久有些激动地解释。

彦希似有所悟地点头,接着说:"后来,是不是你过来,抓住我的红领巾,差点把我勒死?"

虽然是疑问句,但确实是用的肯定语气。

唐久久歪头装傻:"有吗,我不记得了啊。"

事实上,那时候她从幼儿园溜出来,回家让唐奶奶带着她来观礼。仪式结束后,彦希哥哥看到她们,跟她们炫耀自己的红领巾。而她想跟彦希哥哥一样有一条红色的东西挂在胸前,所以拉着红领巾的一条边边不放手,说她也要,差点把他给勒断气。

怕自己曾经"谋财害命"的黑历史被提起,唐久久拉着彦希说要带他去别的地方找记忆。

但以前的幼儿园被推翻重建,他们常去玩的小公园也已经建起了商品房,那时每天都要来来回回经过很多遍的老街早就被拆迁,变成了热闹的中心商铺圈。

唐久久带他走遍了整座小镇,最后终于来到一条长街前。

时光仿佛停在了街口,站在这里望进去,仿佛面前是一条穿越到童年的隧道。

虽然也被修缮一新,但脚下的路仍是旧时的模样,一块块青石砖铺就,乌瓦白墙,将江南水乡的烟雨朦胧与古典建筑的简约精致结合起来,连空气里都是岁月的沉淀。

唐久久的家就在这条"春天里"巷。

"这家店从我记事起就一直在这里。"唐久久领着彦希进去,给他介绍一些沿街而立的店铺。

"每天这家店都是爆满状态,从早到晚。你别看它里面坐满了老阿公,就以为这是一家老年活动所。其实并不是,它是理发店。只剪短发,五块钱一位。里面的理发师也只有一个人,我只知道叫他'陈阿公',现在已经六七十岁了吧。估计我们镇上所有小孩子的胎发他都剪过。里面坐着的阿公们也不是为了剪头发,就是专门来这里聊天的。"

彦希驻足看了一下,靠墙"一"字坐开的阿公们用本地话在说些什么。陈阿公带着笑,一边听着,一边给坐在理发椅上的人修剪头发,时不时还得按住想要回头参与讨论的并不安分的客人。

彦希缓步朝前走,唐久久又指了对面的小商超,凑近他压低声儿:"我小时候就是来这家店买奶糖的,后来再也不来了。因为我有一次来买糖,不小心踩到了他家狗的尾巴。他家狗转身就要咬我,我就撒丫子跑。那狗追了我快一条街,最后我快跑到家的时候,被咬了。"

彦希憋笑。

唐久久瞪了他一眼:"你快问我为什么被咬到!"

"为什么?"

"因为我家关着门,我停下来开门。"

就这么走走停停,唐久久说了快一条街。

最后,在一个十字街口停下。

这里的房子并没有开设店铺,一楼的大门紧闭。路边栽种着凌霄花,橘红色的花朵在白墙的映衬下格外好看。

唐久久拉着他走进小巷子里,将他拉到一座房屋的后面。指着一扇紧闭的窗户给他看。

"你以前就坐在窗前写作业。"

回忆如潮水涌来，时间倒退到小时候。

他跟唐久久一起在唐家玩；他在唐家的书房里做作业；唐久久跟他分享奶糖；他被他妈妈揪着手臂粗暴地拉扯回家；他妈妈哭得歇斯底里，拿着小藤条狠狠地抽他小腿，吼着"我这么辛苦，把希望全放在你身上，你怎么这么不争气"……

再后来，他听到别人说的——彦希妈妈也太不讲道理了。小孩子在一起玩不是很正常的吗，还跑到人家家门口骂人家小孩儿小小年纪就带坏她儿子，骂得难听死了，把唐家阿婆都气晕倒了。当初她一个人又要工作又要照顾小孩儿，哪有时间的呀？唐阿婆看他们孤儿寡母可怜得很，才答应帮忙照顾孩子的，都不要钱的。又是给做饭又是给买东西，结果你看看……真是遇到白眼狼了。

他想去唐家看唐奶奶，可是救护车呼啸着驶出了"春天里"巷，而唐家大门紧锁。

他妈妈受不了别人的指点，也可能是理亏，带着一步三回头的他，把"春天里"扔出了记忆。

纷杂的琐碎片段一股脑儿填进大脑，彦希头痛欲裂，眼前一阵阵发黑，越来越急剧的心跳声充斥着他的耳膜，让他再也听不见任何声音。

他冰冷的手紧紧地握住唐久久的手腕，竭力想在无边黑暗到来之前看清她。

他想对唐久久说声"对不起"，可是，在那之前，他便人事不知了。

再醒过来时，彦希已经躺在一个松软的充满青柠香味的被窝里。

看着周围陌生又熟悉的环境，他隐隐安心下来，这是唐久久的房间，他每次靠近唐久久的时候都能闻到这种香味。

他从床上坐起，才发觉，自己又变成了小孩子，身上套着一件宽大的棉质睡衣。

房间里的装饰看上去很新，简洁的北欧风格，像是近两年才翻新过，但老房子到底还是老房子，隔音效果一点都不好。

彦希听到楼下电视机里发出的广告声，是他前不久接下的手表代言。

一个中年男声说："谁能想到这小子现在是家喻户晓的名人了。当年他妈妈一心培养他考清华北大，结果现在他当了大明星。"

这应该是说的他吧？

接着，一个中年女声很不耐烦："这广告有什么好看的，你赶紧给我换台。我看到他就想起他妈妈，想到他妈妈我就心口疼。"

"你这人，都这么多年过去了，还心口疼。"中年男声宽慰道，"过去的事情都过去了，我们现在不都顺顺利利的嘛。你要放宽心，身体健康才最重要。"

唐久久从一楼的厨房里端了一个果盘上来，放在客厅的茶几上，然后坐在唐妈妈身边。

"哎哟，我最爱的妈妈啊。"唐久久抱着她的手臂，"都多少年的老皇历了，你还记着呢？我们不生气哈，气坏自己就真的不划算了。"

"哪能忘记！"唐妈妈的火气小了一些，但还是有些激动，"当初你才多大，七岁而已。她就站在我们家门口，当着邻里的面，说那么难听的话。良心都被狗吃了。要不是她趁我们在医院陪你奶奶的时候搬走了，我都要打上门去。"

本来大家都是一条街上住着，低头不见抬头见的，关系处得挺不错。街坊们还因为彦家爸爸意外坠楼过世，对他们母子善待有加，什么事情都愿意帮把手。

所以当彦希妈妈说她忙着工作，不能接孩子放学，问唐奶奶能不能接送唐久久去幼儿园时顺便接送一下彦希的时候，唐奶奶也欣然答应了。

唐久久是独生女,有哥哥一起玩,自然是开心的。两个小孩儿就经常玩闹在一起,彦希懂事,还会照顾唐久久。但彦希妈妈认为唐久久耽误了彦希学习,让彦希别跟小妹妹一起疯玩。彦希不懂妈妈的意思,根本没把这事放在心上。于是,彦希妈妈就让彦希别去唐家。

每次看到彦希被他妈妈粗暴地揪回家,听她歇斯底里地哭着拿藤条抽彦希的声音,唐妈妈只能告诉唐久久,不要找哥哥玩,哥哥要学习。

可唐久久那时候也很小啊,忍着几天没去找彦希就很好了。

几天后,她便去彦希的窗户底下找人。

彦希房间的窗户打开,唐久久看到便会站在绿化带的石头围栏上,扔一颗奶糖进去,彦希就探出头,跟唐久久有一搭没一搭地进行孩子间的聊天社交。

后来,彦希妈妈发现了,怒不可遏,跑到唐家门口,破口大骂。

骂唐久久带坏她儿子,让她儿子成绩变差;骂唐家没儿子,肖想别人家的儿子,想拉到自己家去;骂他们欺负彦家没了家里的顶梁柱……

唐奶奶当场被气晕,送到医院抢救,在医院里住了一个月才回家。

往事一桩桩,都是唐妈妈的心结。

唐爸爸开口:"当初老彦还在的时候,彦希妈妈也不是这样子的。老彦去世,彦希就是她的全部希望,所以她就偏执了。"

生活本就艰难,也许她怕保护不了她的孩子,于是竖起身上所有的刺。

但是,这不是她伤害其他人的理由。

唐妈妈不吃这一套,她指了指天花板,扭头问唐久久:"久久,你老实告诉妈妈,你房间里的那个小孩子,是不是彦希的儿子?跟他小时候长得一模一样。"

"哎呀,妈,我只是帮朋友照顾一下,你就别管了。顺利的话,明天就能把人小孩儿送走。"

唐妈妈语重心长:"久久,妈妈知道,你们现在年轻小姑娘都喜欢追星。彦希从小就好看,现在更不得了。但你要争口气,喜欢谁也不能喜欢彦希。"

"行!"唐久久信誓旦旦地保证,"你放心,我是他的黑粉。黑粉你知道吗?就是讨厌彦希的人。"

听到这里,彦希闭上眼,手抚上胸口,那里已经溢满酸涩苦痛,压抑得让人几近窒息。

/ 第九章 /
谢谢你,小糖果
年幼相识,今岁相逢,祝你们的爱情甜如蜜糖。

连哄带骗地安抚完唐妈妈,又跟唐爸爸聊了一下自己在沅城的近况,等他们牵着手下楼去做晚饭,唐久久才有时间来三楼的房间看彦希。

彦希这次晕倒,让唐久久吓了一跳,她立刻将突然变小的他抱起,往镇上的医院赶。

医生做完检查,一脸纳闷儿地说小孩子是因为情绪过激才昏倒的,虽然很奇怪,但也只开了卧床休息的医嘱,还叮嘱唐久久,不要跟小孩子对着犟,先顺着孩子,其他的事情慢慢来。

莫名当了一回医生眼中不懂事的孩子妈,唐久久又把彦希带回自己家,安置在自己的房间。

唐妈妈从外面回来,知道女儿回家了,来三楼看她,于是也看到了跟彦希小时候长得一模一样的小孩子。

彦希是唐妈妈这一生中并不太让她开心的回忆,当场就问唐久久这是谁家的孩子。

"你醒了吗?"

唐久久在靠近床头的地板上坐下,看着虽然闭着眼,但眼珠子在乱动的彦希。

良久,彦希睁开眼睛。

他望着唐久久,眼神忧伤:"对不起。"

"你想起来了?"

"嗯。"

唐久久伸出手,轻轻覆在他的眼睛之上:"你别这样看着我。我不怪你。你那时候是小朋友,大人做的事情,你也没办法。"

"但是我应该替她道歉的。尽管道歉也弥补不了对你们造成的伤害。"

唐奶奶被气到住院,唐妈妈十几年都解不开的心结,唐家面对其他人的指指点点,甚至连别人提起唐久久的时候都会带上一两句闲言碎语。

他知道这种比邻而居的生活,无非就是"脸面"两个字。

而他妈妈做的事情，是将唐家的脸面都扔在了地上，狠狠地踩。

"都过去那么多年了，那件事情早就被抛在脑后了。"唐久久很不习惯这么沉重的话题，尽量把气氛变得轻松一点，"人嘛，向前看，陈年往事都不要再说了。"

殊不知，她一开口的"过去这么多年了"像是一句反讽——事情过了这么久，才想起来道歉？晚了！

彦希舔了舔干燥的嘴唇，艰难地开口："我母亲其实在我父亲去世之后，情绪就出了问题——心因性妄想症。"

唐久久不知道该做出什么样的反应，来表达她知道这个消息后的震惊。

彦希接着说："对我有病态的控制欲，希望我按照她的想法，长成我父亲的模样。小的时候不知道，后来知道的时候已经晚了，她在我十九岁那年就过世了。我……在她过世后，就发现，已经记不起九岁之前的事情了。"

彦希没有说太多，不想让自己的陈述变质而成为辩解。

唐久久说："很抱歉，让你说这些难过的事情。"

"不，是我很抱歉。让你们遭受了那么难过的事情。"

唐久久呼出心中的浊气:"事情都过去了,就别翻旧账了。要是觉得对不起的话,你以后多多弥补就好啦。一直说抱歉的话,我的心理压力也很大。而且,借用粉圈一句很理智的话,凡事都要精准打击,不能随便上升。"

说到粉圈,彦希瞬间想起唐久久的那句话——"我是他的黑粉"。

彦希最近怪怪的。

这是唐久久第 N 次这么认为。

从清溪镇回到沅城后,彦希的情绪就起伏不定,看向她的眼神偶尔带着一些探究。

每次两人待在同一个空间,唐久久回过神来都不无意外地会看见彦希正看着她,似乎想要对她说些什么。

唐久久问他:"你怎么了?有什么事没?"

彦希盯着她,摇头,但眼神分明就是"我有话说,你来问我啊"。

唐久久问:"你真的没什么话想说吗?"

彦希似乎在做心理准备,在吊起唐久久的好奇心时,又泄气:"没有。"

一来二回,他这样子还没有被打,是唐久久一直忍着脾气,尽量让自己做个不动粗的体面人。

彦希每天陷入自我怀疑中，那句"我是他的黑粉"的话，是唐久久的玩笑话，还是真心话？

如果唐久久是他的黑粉，那她去酒店参加他的发布会，在家里墙壁上贴他的海报，以及收集他的粉丝应援服，都是假的吗？

如果她是他的粉丝，那么，那句话就是安抚唐妈妈的场面话？

可是，她真的好像跟他所知道的粉丝们不太一样。

"我有黑粉吗？"密闭的空间里，彦希猝不及防地问齐钰。

齐钰今天是司机的身份，送彦希再去医院检查身体。

在清溪镇变成小孩儿那次后，彦希算了算，体内的放射性元素应该是没有了。

这个问题让齐钰下意识地从后视镜里观察彦希的状态。

请问他是不是得了失心疯？平时连正牌粉丝都不关心的人，现在居然问起了黑粉？

齐钰有一种深深的无力感。

自彦希脱单之后，他就察觉到，他跟彦希之间有了一道天堑般的壁垒。

说到脱单，齐钰又想到了一个可能，该不会他现在才知道吧？

没有得到齐钰的回答，彦希又重复问了一遍相同的问题。

"当然有啊，还挺多的。"

实话实说，当明星的哪个没有黑粉。有些不温不火的明星巴不得自己多几个上蹿下跳的黑粉，可以让自己活跃在大众的视线里。

所以，韩国粉圈那边传来的一句至理名言：黑粉也是粉。

彦希忽然来了兴趣，问："黑粉会把她黑的明星的海报贴在墙上吗？"

齐钰目视前方，顺口回答："贴墙上干吗？射飞镖练准头吗？"

彦希胸口一堵，倔强地提问："那黑粉平时都会做些什么？总要对得起她黑粉的定位吧？"

"大概就是，编你黑料，P你丑图，算你资源，咒你早点儿糊穿地心，可能还会选择性做个'小聋瞎'，不管你做得多好都会说你不好，然后……"齐钰想了想，好像也没什么然后了。其实黑粉也没什么意思，就只是在网上动动嘴皮子。

彦希一个一个对应过去，觉得唐久久做不出这种事情来。

下一秒，齐钰话锋一转："不过你家的那位黑粉不这样啊。虽然人家也放你的丑图，还会剪辑你的黑历史视频，但每次她一黑你，你的粉丝量就噌噌噌往上涨,简直一黑顶十粉。"

"我家的——那位黑粉?"

"是啊。"齐钰兴致勃勃,"我本来都没想到,唐久久就是'喂你吃颗糖'。我以前不是还跟你提起过这个微博名吗?她是我们重点关注对象,每次她有什么风吹草动,我们都要打起十二万分精神来。小葵姐本来还想说,把她纳入我们团队的,说她简直就是一个营销人才。"

彦希屏蔽掉齐钰的叽叽喳喳,自己打开手机微博,搜索"喂你吃颗糖"。

他一条一条地翻着她的原创微博,尽管是做到了黑粉的职业素养,但她每一条的微博都是帮粉丝找到他不被发现的优点。

彦希的心,慢慢柔软成一汪水。

此时,趴在床上刷微博的唐久久完全不知道,她已经掉马了。

私立医院的检验科里,彦希被取走一根头发做微量元素的检测。

他还沉浸在唐久久一黑顶十粉的酸涩但熨帖的心情当中,因此面无表情,也不开口说话,坐实了大家疯传的"彦希私下脾气不太好"的谣言。

操碎心的齐钰只能选择跟医生搭话来打破这种诡异的安静。

"现在的科技真是方便啊,取一根头发就可以检查到人体内的微量元素了啊。"

医生乐于跟他科普:"微量元素的含量会体现一个人的营养健康状况,而营养健康很明显地体现在我们的头发上,所以检测头发可以检测到长期的微量元素含量,比普通验血的结果还准一些。"

"那请问,这个检查结果什么时候可以拿?"

"像他这种情况的检查,可能得一周。"

"行,谢谢医生了,那我们还是委托连芳医生来帮我们拿体检结果。"

从检验大楼里出来,彦希跟齐钰穿过这座私人医院的小花园,按着指示牌回到门诊大楼。既然来了医院,那就顺便去看望一下连芳,如果不忙的话,还能坐在她办公室里聊一下。

彦希还保持着低头一路刷手机的动作。

唐久久微博的存量很多,有时候还会跟评论互动,彦希恨不得将所有的都看一遍。

齐钰走在彦希前面,彦希用余光跟着他就好了,也不担心走路摔到。

但说什么来什么,他为了躲避右侧树丛中横出来一大截的水管,往左边挪了一步,不巧的是刚好有人也从这边迎面走来。两人的肩膀撞在了一起,彦希拿着的手机差点摔地上。

彦希收起手机:"对不起,没事吧?"

"对不起。"那人快速地道歉,然后继续一边低头看手机,一边往前走。

"怎么回事?也太不小心了吧?"齐钰咋呼着。

彦希看着那人的背影,若有所思。

如果他刚才短暂的一瞥没有看错的话,那人是唐久久的朋友,洛昭闻。

"没什么。估计是第一次来这边,于是一边跟着地图看方向,一边找路。"他问齐钰,"那边,是住院部吗?"

"是。我之前走错地方,走到了住院部。那边的风景是真的好,还有一座人工小山。感觉跟专业的疗养院也差不了多少。"

彦希点头,没再纠结,反正也不关他们的事情。

走到连芳的办公室,连芳正好送走最后一位病人,并有其他的预约了。

看到彦希眉眼带笑,她打趣说:"听说你出去找小时候了?找到了吗？"

听她这么问，彦希就知道是谁说出去的了，斜了在旁边笑嘻嘻的齐钰一眼后，回答："回了一趟小时候住过的地方，该想起来的差不多都想起来了。"

"怎么，小时候有不开心的事情？"

"是，要不然我应该也不会选择忘记了。脑科医生说，那段记忆对我有刺激，应该是与我母亲有关，可能是想封闭掉小时候对母亲不好的印象。毕竟那时候，还是想保留她在我心中的美好记忆。"

他妈妈，在他年纪大些的时候，精神疾病越来越严重，有时候把他认错成他父亲，嘘寒问暖，一腔柔情，她清醒的时候，又让他走，因为他没有按照她安排的路走，而是选择进娱乐圈，她就连这个儿子都不要了。

可是没有进娱乐圈挣的钱，怎么负担得起她的高额治疗费？

连芳眼睁睁地看着气氛开始凝固，连忙转移话题："那你怎么突然想起了小时候？"

齐钰也很好奇。

"我新招的女助理……"彦希是这么介绍的。

连芳马上接话："还是你的网恋对象。"

彦希挑眉，像刚才一样，又斜了齐钰一眼："她是我小时候的玩伴。前两天突然想起来一个很模糊的小碎片，然后我问了她，才确定。"

"哦……"

听了一个大八卦的两人，阴阳怪气的。

"这就是有缘千里来相会……你们冥冥之中还是会碰在一起。"

差不多沉寂了两个月的彦希又开始忙碌起来。

这天，他受邀出席一个国外的轻奢名牌在沅城举办的秀。

他在第一排枯坐了三个小时，偶尔跟身边的杂志总监们聊一聊自己对时尚的看法。

撑到秀场结束，彦希迫不及待地起身，跟周围人道过别，就飞快地走出去，想要跟在外面保姆车里等着的齐钰和唐久久会合。

忽然，有记者越过举办方请来的保安，冲到彦希面前，镜头凑到他脸上。他听到这位记者语速飞快但口齿清晰足以让人听清楚内容的问题："请问彦希，对网上曝光出来的，蓝天河被警方带走协助调查的消息，您有什么看法？"

有一就有二，被保安死死拦住的其他媒体记者争先恐后地喊出采访的问题，希望他们的声音可以刚好飘进彦希耳朵里：

"众所周知,不管是您跟蓝天河之间,还是您的粉丝跟蓝天河的粉丝之间都有着一些连绵不绝的小摩擦,那么对于今天蓝天河被警方带走协助调查的事情,您是什么样的心情?"

"请问您知道蓝天河是因为什么事情被警方带走的吗?"

彦希对着马上要被保安拉走的记者说:"我没什么看法。知道这个消息,还是你们告诉我的。"

听到这个消息后再惊讶的心情,也在记者们翻来覆去却千篇一律的提问中消失殆尽。

在保安的护送下,彦希没有继续被记者们打扰,顺利地回到了保姆车上。

齐钰第一时间发动车子,摆脱记者们的纠缠。

他把刚刚打听来的消息告诉彦希:"蓝天河好像是惹上了麻烦,已经被警察带走,说是协助调查,但其实是有人去派出所告他犯了刑事案件。我问了好几个人,大家都这么说。应该是没错的。"

唐久久吃惊:"刑事案件?这么严重?"

齐钰并不惊讶:"不在沉默中死亡,就在沉默中爆发。你看他这样的笑面虎,人前一直笑,人后还不知道多变态。所以他做出什么样的事情,我都不会觉得奇怪。"他歪头思索了一下,"不过,我也是真的好奇,他到底做了什么。"

很快,大家都知道了答案。

第二天一早,"蓝天河被实名举报迷奸女性"占据各大社交平台实时热搜第一位。

还没有睡醒的吃瓜群众以为自己还在做梦。

"这是真的吗?不,我还没有醒,我要继续睡。"

"蓝天河是做了什么样的事,能被人实名举报迷奸?"

"点进话题,请大家仔细品一品,还有非法限制人身自由。"

....

蓝天河家的粉丝们开始齐刷刷地回复"抱走我家哥哥,非官方消息都不信",而其中还有"蓝天河真惨,挡了同期的路就被这么污蔑""对家没有心,买这些通稿是在骗谁呢""某二字流量要点儿脸,自己要出大新闻,就推我们哥哥出来挡刀"等这些阴谋论,妄图把脏水泼在彦希身上。

齐钰差点被气死,一大早带着早餐,开车赶来彦希家。

油条俨然就是他要去手刃掉的仇人,正被残忍地扯成一截一截浸泡在豆浆里,筷子毫不留情地戳着它们沉入碗底,然后再捞起来恶狠狠地把它们嚼碎，吞咽入肚。

这个过程，他一直保持狰狞的表情。

坐在他对面的唐久久看着这么残忍的施暴场面，突然没了吃早饭的胃口。

这是什么仇什么怨？

"按林玉阮的一贯风格，她这是要祸水东引，把大家都拖下水。"时小葵严肃得宛如教导主任般的声音从餐桌上立着的 iPad 中传出。

她坐镇公司的公关部，亲自盯着数据监控，一旦网上出现彦希的消息，立刻把它掐死在摇篮里。

齐钰咽下嘴里的东西，有点想不通："她这么做值得吗？这是要树多少个敌人？"

这么不想让大家活，那大家怎么可能不会报复，在这件事上多踩几脚？

彦希一针见血："那只能说明，他是真的犯了罪。要是大家都被拖下水，能分散注意力那是最好，不能的话，情况再差也差不到哪里去了。"

齐钰咋舌："这一家子都是些什么丧心病狂的人？"

唐久久："不是丧心病狂，是为爱疯狂了吧？"

她想起上次在宴会厅角落里听到的对话，林玉阮应该爱蓝天河爱到丧失理智，什么事情都愿意做。

齐钰没想到能意外吃到一个瓜："哦，他们是一对儿？"

唐久久把事情简单介绍了一下，不禁问出声："所以，为爱情疯狂的她会放出什么料？"

今天对于娱乐圈来说，注定是个不平凡的日子。

上午十点，"某小花出轨某知名电影导演""著名综艺人偷税漏税上亿元""某男星好丈夫人设，却是家暴狂"，以及"二字顶级流量与女助理恋情实锤"，空降热搜榜，一看就知道是被刷上去的。

这些爆料的高明之处就是，半遮半掩、似是而非，告诉大家有这么一件事情，然后让爱好八卦的路人们自己去抽丝剥茧找出真相，从而完美分散了大家对蓝天河事件的关心程度。

而这一波爆料中，彦希独得宠爱，直截了当简单粗暴地被安上"恋爱中"的头衔，根本不用大众再去一探究竟。

点进这个话题，里面有两张照片。

第一张照片，拍摄者是从酒店外面，透过酒店的窗户拍到的内部宴会厅的场景。照片里有一大一小两扇窗户。当时是晚上，照片四周光线暗淡，只有中间窗户里透出光亮来。大窗户里看进去是宴会厅，里面三五成群，觥筹交错。而小窗户则与宴会厅一墙之隔，有一对拥抱着的人站在窗边。

两个房间的场景一对比，整张照片的故事性立马跃然纸上。

第二张照片，是第一张里那对拥抱着的人的特写。彦希双手搂抱着女助理，女助理抬起脸，嘟着嘴，想要亲上去，而他自己是头往后仰的一个躲避姿势。虽然他全身都笼罩着一种"别想了，我不会让你亲到我"的嫌弃，但仔细看可以发现，照片里的他笑得很开心。

一般人看到，都会以为，这是一对小情侣在打情骂俏。

各大社交平台一下子就沸腾了。

每刷新一下，"二字顶级流量与女助理恋情实锤"就上升好几名，没多久就到了热搜第二的位置。相信过不了多久，就可以把蓝天河的热搜给顶下来了。

唐久久看到这张照片，脸一下子涨得通红。

从衣着上来看，是她陪彦希去参加 LMX 娱乐董事长生日晚宴，她喝醉酒的那次。

虽然已经知道她醉酒后可能真的亲过彦希，但今天是第一次亲眼看到，还是全网那么多人一起看到。她耳朵红得快滴出血来，羞愤地站起来。

"蓝天河他死了!"

唐久久不敢看彦希跟齐钰的反应,转身就冲上楼。

齐钰推了推仍旧坐在位置上的彦希,努努嘴,示意楼上的方向:"不去看看?"

"她就是害羞了,给她缓一缓的时间。"

彦希低头端详着照片。

月色朦胧,冷月凝霜,他们站在宴会厅的阳台上拥抱。不得不说,这两张照片拍得真的很好看。

就连底下的评论也有真正的路人夸奖的。

"有一说一,我差点以为这是哪部即将要上映的电影海报。"

"Hello?拍照的那位朋友在不在?如果你是狗仔,建议你立刻转行进军摄影界,摄影界有你的一席之地!"

"第一张图简直是神仙构图。第二张图,对不起,吃柠檬去了。"

齐钰八卦:"这是唐久久喝醉酒的那天?"

"嗯。"

"那现在怎么办?我们是默认还是澄清?千万不要让关注的焦

点全都转移到你身上来。"

彦希笑了笑:"那就再扔回去给他们。"

彦希工作室：老板突然不开心。[热搜前两条截图.JPG] 老板说他自己的感情状态他说了算，别人说不算。祝愿大家都是遵纪守法好公民。

这条微博虽然让大家都纠结彦希是看到热搜的哪一条突然不开心，还是看见两条都不开心，可是最后一句的嘲讽又让大家一下子把关注的焦点放回到了蓝天河身上。

唐久久躺在床上，看着手机里的那两张实锤照片，一会儿害羞地蜷缩手脚咬着被子呜呜乱叫，一会儿坐起身，拍着脸警告自己以后不要喝酒。

"酒是穿肠毒药，色是刮骨钢刀。"她默念，"下次不会再喝高。"

颜菲跟于雪曼在微信群里放肆地刷屏，不停地@唐久久，让她不要装死。

颜菲："你跟彦希的这门亲事，我也答应了。你们缺伴娘吗？我愿意帮你们解决这个问题。请你们找一个可以跟我凑一对儿的伴郎。"

于雪曼："你们要对得起我那束捧花，对得起彦希为那束花遭的罪，对得起那天想上热搜却被你们压在下面的其他人！"

唐久久："朋友们，我就说一件事情。"

颜菲："你说。"

于雪曼："你说。"

唐久久："照片里面，我喝醉了。"

颜菲："哦，你强吻了？"

于雪曼："不愧是你。"

唐久久："看来大家都明白了，就不要瞎起哄了。"

颜菲："但是你醉了，彦希没醉啊。看他的表情完全是真爱。"

唐久久："事情很复杂，以后再跟你们说。"

退出群聊，洛昭闻又打来电话，本来唐久久也以为洛昭闻是打来关心她照片的事情的，但他下面说的事情，让她立刻坐直身体，紧皱眉头。

洛昭闻说："久久，不好意思，是我们连累了你。"

这没头没脑的一句话,让唐久久都摸不着头脑。她问:"什么连累不连累?我们又是谁们?"

洛昭闻用平淡的口吻概述:"蓝天河的事情是我陪我未婚妻去警局举报的,没想到现在牵连了你。"

唐久久差点以为,他是在说,我陪我未婚妻去超市买东西。

"你未婚妻?举报蓝天河?"

"是。"洛昭闻说,"具体什么事情,在电话里也解释不清楚。要不我们还是当面说吧。"

两人约好在唐久久家碰面。

唐久久下楼跟彦希说了这件事情。

然后,他们立刻往唐久久家赶。

一个半小时后,唐久久在自己家中再次见到了苏荷清。

苏荷清还是那么好看,但脸色较那个雨夜已经红润了很多,眉目间也多了一分鲜活。

她挽着洛昭闻的手臂走来,看见唐久久时,露出一个微笑:"一直没有谢谢你,我叫苏荷清。"

唐久久注意到她没有伸手想要握手的意思,两只手紧紧抱着洛昭闻的手臂,而洛昭闻在她的手背上轻轻拍了两下,像是在安抚她。

唐久久也没有伸手,站在安全的社交距离外,眼睛弯成月亮状,笑出梨窝:"很开心能够再次见到你。没想到你就是洛昭闻一直挂念着的未婚妻,你们能再次遇见真是太好了。"

她尽量释放善意,领着他们进门。

当苏荷清看见在屋内坐着的彦希时,脸上的表情不自觉地僵住了。她还是没办法在面对陌生人时,放松自然。

洛昭闻揽过苏荷清,对彦希跟唐久久点头致歉。

对于苏荷清这么防备的样子,彦希跟唐久久并没什么不舒服的感觉。如果网上的爆料是真的,他们还举报了蓝天河非法限制人身自由的话,一切都可以理解,也解释得通。

洛昭闻让苏荷清坐在最靠边的沙发上,他就坐在沙发的扶手上,牵着她的手,让她安心。

唐久久泡了花茶端上来,放在他们面前。

洛昭闻喝了一口茶,然后帮苏荷清讲述这整件事情的来龙去脉。

苏荷清的母亲早逝,她跟父亲相依为命。

苏父是一个心地善良的人,在偶然间看到贫困山区的一则报道时，就生出要资助一个山区儿童上学的念头。他带着苏荷清让她选资助对象，苏荷清便选到了蓝天河。

每个学期蓝天河都会收到来自苏父的信件和资助费用，有时候还有衣服和玩具。

信件里，苏父会跟他描述山外面的世界，有时候还会让苏荷清写，写她学校里的事情。蓝天河也会淘一些山里常见的果子晒干，让老师随着每个学期的成绩单寄给苏家。

考上高中时，苏父特地把蓝天河接到了沅城，带他去沅城的名胜古迹、博物馆、大学城。

后来，蓝天河考到了沅城大学。

蓝天河是个很努力的人，从大一开始打零工赚钱，后来经人介绍做网店模特。赚的第一笔工资，他买了很多东西去苏家，告诉苏父他能自己赚钱了，以后会报答苏父。

蓝天河时常会买一些礼物去苏家看望，被人碰到，别人问苏父，这是你家的谁？苏父会笑眯眯地回答，这是我侄子。苏父很喜欢蓝天河，把他当成自己的亲人，让苏荷清喊他"哥哥"。

蓝天河大三的时候，成为平面模特，意外地走进了娱乐圈，签到林玉阮手下。

那段时间,蓝天河忙碌起来,没时间来苏家,他们的来往渐渐变少,关系也慢慢生疏。

后来,苏荷清跟洛昭闻交往。那时候蓝天河已经是一个家喻户晓的明星,苏荷清对他像对偶像一样喜欢。

一年多以前,苏父不幸被确诊为胃癌晚期,住在医院里化疗,苏荷清辞掉工作,专心在医院里照顾父亲。而洛昭闻因为在创业初期,偶尔才能来医院看望一下。

有一次,洛昭闻到医院帮忙照顾苏父,看到病房里堆满了进口药跟补品,他问苏荷清,苏荷清说这是她干哥哥蓝天河从国外回来带的,他就也没有细究下去。

最后,苏父没有挺过来,留在了那个阴雨连绵的冬天。

那段时间,苏荷清的情绪很糟糕,洛昭闻一直陪在她身边,帮她一起处理苏父的后事。

在苏父的葬礼上,洛昭闻才第一次见到蓝天河本人。因为苏荷清对蓝天河的喜欢,洛昭闻对他有一点点了解,网上多是评价他温柔和善,连苏荷清都说他是个很好的人。

但洛昭闻明显觉察得出,蓝天河并不似外表表现出来的那样,甚至浑身带着一些阴鸷。总之,洛昭闻心里对他有一种莫名的排斥与忌惮。

但洛昭闻没办法告诉苏荷清，告诉了她，她也不会相信，毕竟他们认识了那么多年。

苏荷清跟洛昭闻订婚之前，独自去找蓝天河。这个世界上她已经没有亲人，她把蓝天河当作是一个可以亲近的哥哥。所以当她准备订婚后，就想当面邀请蓝天河，顺便感谢他为苏父做的事情。

然而，那个晚上，成了苏荷清的噩梦。

林玉阮对蓝天河有一种偏执的爱，她固执地想要帮蓝天河得到所有他想要的东西。

林玉阮知道蓝天河喜欢苏荷清，是基于荷尔蒙影响的那种喜欢。早在当年收到苏荷清字迹整洁的信件，看她在信里写的校园生活的时候，他就已经心生好感。

但他不敢说出来，哪怕是当了被许多人喜欢的明星，这种骨子里的自卑还是让他不敢说出对苏荷清的感情。

但林玉阮知道。

所以当林玉阮听到苏荷清邀请蓝天河作为她的哥哥参加她的订婚喜宴的时候，看见蓝天河忽然苍白的脸色跟虚假的笑容，林玉阮愤怒了。

她不允许任何人伤害蓝天河。

所以，她决定帮蓝天河得到苏荷清。

她在苏荷清的杯子里下了药，而蓝天河，他骨子里本就是凉薄自私的，就像年少时在山沟沟里，邻居的傻儿子打断了一个人的手，他就给了傻儿子一颗来自大城市的糖，因为受伤者曾经欺负过他。后来，一颗糖换一个人的手是他跟那个傻儿子之间的秘密。

而如今，苏荷清是他跟林玉阮之间的秘密。

那个冷风刺骨的凌晨，苏荷清逃出来了，后面还追着一拨人。她慌不择路，遭遇车祸。因为被蓝天河喜欢的这点价值，濒临死亡的她被林玉阮送去了私人医院。

在医院里住了大半年，她才醒来，又因为脑部神经有瘀血，她一直过得昏昏沉沉、神志不清。直到前段时间好转，她才有机会从病房里逃出来。

她想去报案，但是事情过去了那么久，所有证据都没有了。

苏荷清不知道该去找谁，也不想去找洛昭闻。

她买了录音笔，在苏家附近转悠了一两天，然后被林玉阮的人又带回了医院。

蓝天河知道苏荷清被找到，第一时间过去。在病房里，苏荷清装作脑子还不清醒，引诱他说出了那件事的经过。

她不知道那次的出逃，在街上被洛昭闻看到了，于是洛昭闻找了私家侦探搜寻她的下落。

最后被他找到了医院。

整理好心情，苏荷清就在洛昭闻的陪同下，去报了案。

想起这些心酸往事，苏荷清忍不住潸然泪下。

唐久久听得眼泪汪汪，问："那林玉阮呢？"

洛昭闻摇了摇头："蓝天河没有把她供出来，只说是他自己下的药。"

"为什么？"唐久久想不通，"蓝天河怎么会替林玉阮扛下罪责？他是感念林玉阮对他的衷心？"

彦希摇头："他不是这种人。蓝天河是想让林玉阮留在外面，照顾未来在监狱里的他。这才是对他最好的选择。"

"那林玉阮就这么脱罪了？就这么便宜蓝天河？"

"我这里之前有个事情，说不定，可以送她进去。"彦希若有所思。

彦希说的，就是之前他水杯里被人放了花生粉的事情。

前段时间,连芳说彦希体检结果泄露的事情有些眉目了。但那时他也就是听了一耳朵,并没有过多在意。

现在情况不一样了。

他一上车,就打电话给连芳让她帮忙先把证据发过来。

唐久久不禁发问:"那么,你是要怎么把她送进去?"

"明天我就委托律师起诉,那个泄漏我体检结果的医生应该会被吊销医生执业证书。私立医院一般都会跟医生们签订合同,要是损害医院名誉的话,需要支付给医院高额赔偿金。像他这种情况,赔个几百上千万都是有可能的。这笔钱我帮他给,他只需要告诉我他把消息卖给了谁,不管经了几道手,顺藤摸瓜总会摸到她。"

小市民唐久久在他说这笔钱他帮忙出时就已经心痛到无以复加,她痛心疾首:"林玉阮何德何能,还要你倒贴进那么多钱?"

彦希笑出声:"我忘记说,我是医院的VIP客户,专门签过附加合同的那种。医院如果泄露我的隐私,也要赔我那么多钱。"

"你们有钱人的生活,我不懂。"

几百万说得就跟几百块钱一样,唐久久选择告辞。

次日,彦希委托律师就医院在职医生泄露患者病历资料,用于商业买卖,致使他被人蓄意伤害的事情提起诉讼。齐钰也在"彦希工作室"的微博上稍微说明了一下整件事情的前因后果，引发网民议论。

而事情就如彦希所说的那样发展，私立医院官网宣布了对那名医生的处理结果，吊销医生执业证书。私下，那名医生用从他这里买消息的人名来抵消自己的巨额赔款。

过了不久，微博蓝V"平安沅城"在网上通报了蓝天河和林玉阮的判决结果。以强奸罪判处蓝天河9年有期徒刑，而林玉阮这边罪名比较复杂，她不仅与蓝天河同谋，还犯有故意伤害等罪，最后数罪并罚也判了7年。

不管怎么样，这个结果皆大欢喜。

宣判结果出来的第三天，洛昭闻带着苏荷清来向唐久久告别。

洛昭闻把公司的事情都移交出去，他决定带着苏荷清出去旅游散心。

"这座城市给她的记忆都是伤心的，所以我们想出去换个心情。"

最后一次的检查结果出来了，验证了彦希的猜想。从清溪镇回来后，他体内的不知名的放射性元素已经全部消失。

这就意味着，不出意外的话，以后他都不会再变成小孩儿了。

彦希心里的石头总算是落了地。

这次，轮到唐久久欲言又止。

她知道，该是到了结束那张协议的时候了，但日益渐长的对彦希的依赖让她无论如何也开不了口。

她怕一旦说出来，两人之间的距离就又重新回到最初，她还是那个在千万人中间默默仰望他的人。

但和当初不一样的是，心态早就已经有了变化。

她开始变得有企图，奢望能够每天都可以看到他，正大光明地关心他所有的喜怒哀乐。

"唐久久。"彦希叫了她一声。

从他一进门，告诉唐久久这个消息之后，她就开始心不在焉。

"什么？"

彦希眨了眨眼："那张协议我不会终止，你能不能继续留在我身边？"

缓了好几秒，唐久久反复确认，彦希说的话是什么意思。她心里面像是被浇灌了一场春雨，有嫩芽从石头缝里生长出来，想要开出一朵花。

"为什么？"她努力压平嘴角。

"我之前找了一个理由。"彦希挠了挠头，罕见地有些局促不安，"因为体内的放射性元素跟我是不是会变成小孩儿这个关联，是我自己一厢情愿画上去的。我还是怕万一。我马上就要进组，所以，想请你继续待在我身边，帮我隐瞒住秘密。虽然我可以这么说，但是……"

他眼底有星光闪耀，让人忍不住想回避："我更愿意让你知道，我只是纯粹的，不喜欢你离开。我希望你陪着我，分享我的秘密、情绪和生活。"

他语气温柔缱绻，却很霸道地捧着她的脸，让她直视他眼中所有的爱意："总之，你愿意做我的女朋友吗？"

唐久久眨了眨眼睛，有温热的液体盈眶而落："那以后请你多多关照。"

晚上七点。

新浪微博多了一个名叫"彦希（工作室赶紧来认领我）"的账号，没办法，彦希没有申请私人微博，偶尔看微博都会直接拿的工作室账号。现在带"彦希"两个字的微博名被注册得太多了。

这个账号上,发了一胖嘟嘟小女孩的照片,配的文字是:

彦希(工作室赶紧来认领我):小糖果,谢谢你给我的每一颗奶糖,让我知道生活有你甜如蜜糖。@喂你吃颗糖

本来这个新建的账号发的这条动态,是不会有任何一点水花的。
但是,一分钟后,已经是四百多万粉丝的"喂你吃颗糖"转发了这条微博。

喂你吃颗糖:哈?请你告诉我,我是怎么掉马的?//彦希(工作室赶紧来认领我):小糖果,彦希(工作室赶紧来认领我):小糖果,谢谢你给我的每一颗奶糖,让我知道生活有你甜如蜜糖。@喂你吃颗糖

现在是个什么情况?
希望姐姐和吃瓜路人完全不知道这两条微博的重点到底是什么。
彦希工作室就屁颠屁颠来认领老板了。

彦希工作室：老板！我来了！昨天的彦希已经一去不复返了！今天的老板是在向大家官宣的·成功脱单的·彦·很幸福·希。// 彦希（工作室赶紧来认领我）：小糖果，彦希（工作室赶紧来认领我）：小糖果，谢谢你给我的每一颗奶糖，让我知道生活有你甜如蜜糖。@喂你吃颗糖

发完这一条，彦希工作室马上很正经地更新了一条微博动态：

　　彦希工作室：年幼相识，今岁相逢，祝你们的爱情甜如蜜糖。【附合照】
下面的图是一张八岁小彦希跟五岁唐久久的合照。

希望姐姐们经过前两次似是而非的绯闻，说是不接受，其实也比较淡定了。
　　"果然是彦希，上次说自己的感情状况自己说了算，今天刚脱单就要官宣。你怕是上一秒表白下一秒就发微博吧。"
　　"顶级流量&黑粉大佬，哪位大大出来一下，笔给你，你来写。"
　　"这几条信息量也太大了。我需要一个明白人来帮我理一理。"
　　"所以要怎么开始捋头绪？"

"顶级流量公布恋情,你们粉丝怎么回事?就这么一派祥和?"

"实在是不知道是该先难过,还是先震惊,还是先激动……太复杂了,这道题我不做。"

……………

微博服务器沦陷,大家都卡下线。

经过几分钟的扩容维护,微博热搜赫然变成了"彦希 公开恋情 爆",以及下一条"喂你吃颗糖 爆"。

五分钟之后,希望姐姐大粉"玲玲响叮当"发布了一条微博,给广大吃瓜群众整理了三条微博的所有信息。

玲玲响叮当:本课代表来了,请大家记好小笔记,认真上课。

1. 彦希唯一的童年照是"喂你吃颗糖"发出来的,当时是把她自己跟彦希小时候的双人合照给截成了单人照。希望姐姐们至今都很感觉糖果儿的无私奉献。

2. 彦希和他的小糖果从小就认识,后来分开了,今年才重逢,然后今天他们在一起了。

3. 他的小糖果小时候经常投喂奶糖给彦希!这个男朋友四

舍五入,就是喂糖喂出来的!

    4.之前的彦希是单身狗,今天的彦希是拥有女朋友的人了!

    5.彦希知道这个黑粉头子是他的小糖果,但是小糖果并不知道自己早就掉马了。

    6.课外补充。"喂你吃颗糖"多年来一直坚持自己是彦希黑粉的身份,但彦希被黑的时候,是她帮忙澄清的。虽然是做的黑图和一些黑历史视频,但每次都是帮彦希圈了一堆路人好感。

    7.总之,作为希望姐姐,我祝福你们爱情甜如蜜糖。

网上彦希的粉丝们到底怎么反应的,唐久久已经完全没有想法了。

她从楼上下来,风风火火地冲到彦希面前:"为什么我不知道你知道了我的微博名!"

她掩藏着心虚,仰着下巴,站着俯视坐在沙发上的彦希:"你什么时候开始暗地里看我的微博的?"

"从清溪镇回来之后。"彦希无所畏惧,"你也知道老房子的隔音不太好,我一醒过来就听见你对你妈妈说'我是彦希黑粉'这件事情。"

唐久久问:"那你怎么知道我的微博名的?"

"齐钰说的。"

"齐钰又是怎么知道的?"

"齐钰之前有过怀疑,很关心你微博的动态,后来看到你的修图风格,以及最后他在工作室里看到给你家地址寄过门票的记录。"

齐钰知道了这件事情,也以为彦希知道,毕竟唐久久家中贴着彦希的海报,而且中间他找不到什么机会跟彦希聊起这件事情。

"哦,好吧。"

彦希一只手拉着唐久久,用力将她拉入自己的怀中。偌大的客厅里,只有两人依偎在一起。

"你为什么取'喂你一颗糖'?"

"因为喂你的可能是奶糖,也可能是带玻璃碴的糖。"

"现在呢?"

"你叫我什么?"

"小糖果。"

"就是说啊。"

/ 番外 /
因为，我爱你
爱情对于他来说，是诚惶诚恐，是珍之重之。

鉴于彦希如今对粉丝不是那么拒人于千里之外的冰冷态度，时小葵和齐钰趁热打铁，决定在彦希二十八岁生日的那天举办一场粉丝见面会。

他们选好了场地，也发出了门票，在离彦希生日还有三天的时候才告知了"寿星本人"。

彦希想翻脸，但还是秉着专业精神，接受了这个行程。

他转头向唐久久发出邀请，那天一起去参加他的粉丝见面会。

唐久久不假思索地拒绝了："这是属于你跟你粉丝之间的时间，我这个抢了大家心目中的男神的人就不得了便宜还卖乖啦。我大度，我不打扰你们。"

彦希抱着她，轻轻晃动："可是，我喜欢被你打扰。因为，我爱你。"

　　唐久久也踮起脚:"是的,亲爱的,我知道。因为,我也爱你。"

但是,女人是善变的。
纪玲玲发来私信。

　　玲玲响叮当:糖果儿,你会不会去彦希的粉丝见面会?
　　喂你吃颗糖:不去。
　　玲玲响叮当:不!你想去!我们给你门票,求求你,找回黑粉的本心,去一次见面会好不好?
　　喂你吃颗糖:哈?你们这样子很难伺候的你知道吗?

　　自从他们恋情曝光后,唐久久的这个微博就不怎么更新了。
　　她觉得像以前那样子更新彦希的黑历史的话,未免显得过于上蹿下跳寻找存在感了。
　　但希望姐姐们不这么认为,察觉到精神食粮少了一半,她们一点都不开心。因此派出纪玲玲来传达大家的心声——继续做你自己,帮我们开眼看世界,欣赏彦希的黑历史。

所以，被希望姐姐们怜爱的唐久久，拿着希望姐姐们提供的门票，背着专业摄像机，来为希望姐姐们拍彦希的照片。

她正排队入场，就看到不远处蹲着一个哭得很委屈的小女生，旁边还带着一个行李箱。看样子也是彦希的粉丝。

有人过去问她怎么了。

女生委委屈屈地说明原因。她在网上答错了题，所以拿不到门票，于是高价从黄牛那里买了一张，结果刚才检票的人告诉她票是假的。

请了一天假，起一大早飞到这里，结果却因为一张假票，见不到她喜欢的人。

希望姐姐们面面相觑，谁都想不到居然是这个原因。

这是彦希第一次粉丝见面会，时小葵跟齐钰力求做到面面俱到，从场馆布置到环节设定都非常用心，就连参加见面会的粉丝，除了给后援会发的二十张门票之外，其他人都是通过答对齐钰设立的无比变态的一百道随机问题才获得的门票。

七秒钟的审题时间，五秒钟的答题时间，大家都想问齐钰，他是不是疯了。

但事实证明，人的潜能都是被逼出来的。

得到门票的希望姐姐们至今都不敢相信自己原来可以这么棒。

唐久久提了提口罩，慢腾腾地走到小女生面前。

她把手里的票递给小女生："喏，拿去。"

无视周围人的惊讶，也没有让小女生继续呆愣下去，她弯腰把票塞进小女生手中。

"姐姐我有票，给你。以后不要买黄牛票。还有，继续喜欢彦希吧。"

反正不用门票，她也可以刷脸进去。不能刷脸，她还可以让齐钰出来接，最多是被彦希嘲笑而已。

收获小女生泪眼婆娑的感谢，唐久久在人都差不多进去之后，赶紧拿出手机打给彦希。

好的，没人接。

打给齐钰，依旧没人接。

唐久久不认命地跑到门口保安面前，拉下口罩，很好，这场活动聘请的保安不是以前照过面的那一拨。

唐久久不知道回去之后要怎么面对等待她更新的嗷嗷待哺的希望姐姐们。

唐久久准备离开，会场外面还有一个小熊玩偶没有进去。玩偶

举着牌子，上面写着"送你一个生日愿望"，他旁边是一张放着漂亮便笺的桌子。

粉丝见面会场外的心愿便笺，肯定是写跟偶像有关的梦。

唐久久想到最近网上流行的那句"别的小朋友都回家了，你什么时候来接我啊"，捂住见不得人的小心思，把这句写在心愿便笺上，然后塞到小熊玩偶身前的口袋里。

算是到此一游吧。

塞完准备离开时，小熊问："你想进去吗？"

唐久久："想。"

小熊："你有门票吗？"

唐久久叹气："刚才有，现在没有了。"

小熊："为什么把票让给别人，不想见彦希吗？"

唐久久低头我："不是……"

"那进去吧。"小熊从口袋里拿出一张票。

见面会很精彩，唐久久坐在台下拍了很多照片，圆满完成了希望姐姐们交代的任务。

最后来参加见面会的希望姐姐们做了一件大事。

她们集体为彦希送了一份礼物，每个人都从自己口袋里拿出了一颗糖，放入齐钰拿着的玻璃糖罐里。

希望姐姐们的代表人说："彦希，生日快乐。今天我们想送你这份生日礼物，不是为了喧宾夺主，所以我们都是送除了奶糖之外觉得包装最好看的一颗糖。因为我们也想祝你和糖果儿的生活甜蜜如糖。"

最后，生日会上突然播放一段 VCR，是见面会开始之前，场馆外面的画面。

一只小熊举着"送你一个生日愿望"的牌子，孤零零地站在那里。渐渐有粉丝过来，往小熊人偶的口袋里塞心愿单，小熊会把准备的小礼品一份一份双手递给她们。每个粉丝都会收到来自他穿过厚厚玩偶服的一句瓮声瓮气的"谢谢"。

最后，等到所有人进场，小熊掀开了头套，是汗涔涔的彦希。

他说，会帮忙完成里面的 99 份心愿。

怪不得，见面会之前有主持人干巴巴的十五分钟开场时间。

唐久久觉得要糟，她立刻从座位上蹿起来，缩着脑袋在黑暗中跑到了后台。

这时候刷脸是有用的,拜托工作人员将她带入休息室,果然这里放着那套小熊人偶服。

唐久久赶紧将小熊口袋里的心愿单都倒出来,希望能够找回自己写的那一张。

身后的门突然被人打开。
唐久久回头看,是彦希。
他从口袋里拿出一张心愿便笺。
彦希:"这位小朋友,我来带你回家了。"
…………

彦希跟唐久久的婚礼是在清溪镇举行的,低调却温馨。
当初在于雪曼婚礼上哭得死去活来,被颜菲嘲笑以后要让新郎为她准备一辆120的唐久久这次过于坚强,一丁点儿眼泪都没有。
而彦希,在场的人都看到了,在唐久久挽着唐爸爸的手一步一步朝他走去的时候,他几次偷偷背过身,擦掉眼泪。
再一次成为伴娘的颜菲,在陪唐久久去换中式礼服的时候,见缝插针地问:"唐久久,你汹涌澎湃的感情呢?上次曼曼婚礼你哭得动情,现在到你自己的婚礼了,你怎么回事?我很难不怀疑你其实是个参加婚礼的工具人。"

唐久久一脸冷漠："我的妆容很贵，我的眼泪不配。"

说起来，上次雪曼的婚礼录像她看完了，抢捧花那一段，她丑得一骑绝尘，特别还是站在彦希旁边。

说好的给她剪辑掉呢？

婚礼结束的晚上，唐久久跟彦希躺在被子里相视而笑。

唐久久嘲笑彦希："今天你哭了。"

彦希用鼻子蹭了蹭她的鼻尖："对。看到你笑得开心，一步一步坚定不移地走向我的时候，脑子里突然像是在播放电影，把以往我们所有的片段全都闪现了一遍。我突然后怕，如果某个时间节点，我们做了不一样的决定，是不是就不会是现在这个样子。所以，我对现在的生活珍之重之，我想要加倍珍惜来之不易的你。"

唐久久把自己埋入他的怀里，清冷的雪松木香味包裹着两人。

"我就不一样了。我不哭是因为我一直记着你昨晚跟我说的话。"

按照习俗，结婚前一晚，他们是不能见面的。

但，彦希还是来到她楼下，用奶糖敲开了她房间的窗户。

"小糖果。"彦希仰着头,乌黑的眼睛里倒映着天上的一轮明月,他眉眼舒朗,嘴角带笑,"上次去参加你朋友的婚礼,你哭得昏天暗地,你说她离开疼爱她的父母,去跟另外喜欢她的人一起生活了。但是,小糖果,我想让你知道,你在哪里,我的家就在哪里。"

唐久久趴在窗棂上,眼泪不停地往外流,她拼命地眨眼,想看清楚半夜无人时如庄重宣誓般的彦希。

"你不要害怕将来,因为你的过去有我,你的未来也有我。我希望你想哭就哭,想笑就笑,不要被束缚。你可以对我毫无顾忌,因为我爱每一种情绪的你。"

唐久久吸了吸鼻子,见缝插针地说一句:"嗯,我也爱你,每一天的你。"

他笑了一下,像是记不起那句话怎么说来着:

"一个女婿半个儿?小糖果,你不要担心会离开你的父母,我已经是你家半个儿子了。"

最后,还是高冷的唐妈妈打开二楼的窗户:"儿子,你要再说下去,你老婆就得一晚上睡不着了。"

彦希这时候顺杆子往上爬:"妈,那我走了。"

当初得知彦希和唐久久在一起,唐妈妈虽然没说反对,但没给过他好脸色。彦希在清溪镇住了三个月,每天陪唐妈妈买菜爬山跳广场舞，总算融化了老太太的心。

大家一起看婚礼录像带，似乎有点明白唐久久为什么没有掉眼泪了。

她脸上全程挂着笑，眼神全部投注在彦希身上，偶尔调皮地对他眨眼睛，偶尔又深情满满地望着他。

她不害怕告别过去，不担心即将到来的未来，全身心信任眼前的人，与他一起迈入新阶段。

希望姐姐们因为彦希公开恋情都没什么脱粉回踩之后，被称为"粉圈老佛爷"。不是地位多高超，而是因为佛得让人难以望其项背。

就连希望姐姐们自己都觉得足够淡定了，毕竟有什么事情能比得过她们家哥哥刚脱单就官宣的事情。

但，真是有。

就是她们家哥哥时隔不到半年，在他二十八岁的时候，"英年早婚"了。

她们就想问问彦希，您是被绑架了吗？要是被绑架了，您就眨眨眼！

后来有一个采访,问彦希,他觉得爱情是什么。

彦希说,爱情对于他来说,是诚惶诚恐,是珍之重之。

他开始害怕对方不属于自己,开始害怕某一天不能再睁眼就见她,开始害怕生命太短,来不及多爱她。所以才会加倍珍惜当下,珍惜眼前人。

看完后,所有人都明白,为什么他要那么早把自己的生活跟对方捆绑在一起。

唐久久一结婚就把生孩子的计划提上了日程。

因为她的人生理想里有一条,要当一个年轻的时髦的没有代沟的妈妈,等到孩子十七八岁的时候,他们一起上街还能被人当作是兄弟姐妹。

但是,彦希有些不同意。

他感受到的父爱母爱少之又少,不足以让他有自信可以当好爸爸这个角色。

这时候,唐久久讲道理一套一套的。

"你看,我也没有经验,所以我们要跟以后的宝宝一起学习。

"他学习怎么做一个好孩子,我们学习怎么当一个好父母。

"那么你想想看,是不是年轻人接受能力比较强,理解能力比较好，学起东西来比较快？好了，不用想了，我们就是这样子的年轻人！宝宝值得拥有我们这样子的父母！"

于是彦希二十九岁之前，他当准爸爸了。

唐久久认为她自己做错了一件事情。

她慎重地考虑了为人父母的事情，却忽略了怀孕和生孩子这个步骤的艰难。

她欣喜万分地怀了，可在怀孕第六周开始吐得日月无光的时候，才流着眼泪指控彦希："你一点都不关心我！你居然都没有提醒我，怀孕这么难受！"

彦希很委屈。

他能说那时候他被她说的一套歪理带进沟里去了吗？热血沸腾地想要趁着年轻学习如何快速高效地成为新晋父母尖子生。

唐久久流着眼泪，抽抽搭搭地打开电脑搜索孕期知识，结果越搜越害怕，越搜越不想怀孕。

什么肚皮上会出现一只手掌，什么器官会被挤压到移位。

请问这都是什么惨绝人寰的鬼故事？

她一边哭一边抱怨，全然未发觉，彦希抱着她，越来越担忧的表情。

自以为被吓破胆的唐久久晚上一到时间沾床就睡，可彦希摸着她现在还很平坦的肚子睁眼到天亮。

第二天，唐久久已经把昨天查到的孕期知识忘到脑后，眼睛亮闪闪地拉着彦希的手。

"我梦到我未来的儿子了，长得跟你一模一样的儿子。"

彦希说："你清醒点儿，你那是梦到我变小的样子了。"

唐久久得意："哎，以前想当五岁的你的亲妈粉，以后就要当你五岁儿子的亲妈了。果然，人还是要有梦想的。"

彦希轻轻地捏了一下她的脸，说："万一是女儿呢？长得像你的女儿？"

唐久久嘿嘿笑："都喜欢。你呢？"

"嗯。"

只要是跟你有关的，我都喜欢。

唐久久凑近，捧着他的脸，盯着他一夜未睡布满红血丝的眼睛。她心疼地凑上去亲了亲："我也在很开心地期待孩子的到来。对不起，你别怕。"

我会保护好自己，因为我知道，你爱我胜于爱自己。

唐久久翻出手机里的那张合照："别人说要想生出漂亮的宝宝，就要看漂亮的小朋友。同理可得，要想生出长得像我们的宝宝的话，就得看我们自己的照片。我看一下你小时候，顺便帮你看一下我的小时候。"

彦希很感激她的贴心，还提议："看我一眼，就要看你一眼，公平公正。"

唐久久感觉任重道远，说："好。"

八个月后，唐久久收获了一个长得像彦希的小天使。

生活的经验告诉他们，一般来说，女儿长得像爸爸。

- 完 -

本书由虾响响委托长沙大鱼文化传媒有限公司正式授权花山文艺出版社，在中国大陆地区独家出版中文简体版本。未经书面同意，本书的任何部分不得以图表、电子、影印、缩拍、录音和其他手段进行复制和转载，违者必究。